PATRICIA SCHAEFER RÖDER

Yara

y otras historias

Patricia Schaefer Röder nació en Caracas, Venezuela, donde obtuvo la Licenciatura en Biología y publicó sus primeros ensayos. Vivió en Heidelberg, Alemania y en Nueva York, EEUU. Allí retomó el oficio de escribir, la traducción y las artes editoriales. Hoy vive en Puerto Rico y dirige su empresa de traducción y producción editorial. Su cuento "2045" mereció el 3er Premio en el 16 Concurso Literario del Instituto de Cultura Peruana en Miami, FL en 2007, mientras que su cuento "Rebeca" obtuvo mención de honor en la 15 edición del mismo en 2006. Ha publicado sus poemas y relatos en antologías del ICP en Miami. En 2008 tradujo al español la novela *El sendero encarnado* (*The Reddening Path*) de Amanda Hale, publicada por Editorial Verdecielo en México en julio del mismo año. Mereció el Segundo Premio por su ensayo "Todos somos extranjeros...casi en todas partes" en el Primer Certamen Nacional de Poesía, Cuento y Ensayo de la American University of Puerto Rico en Manatí, Puerto Rico en 2009, donde también recibió una mención de honor por el cuento "Fue bueno". Desde abril de 2009, Patricia mantiene un blog de literatura en internet, donde publica sus escritos: http://patriciaschaeferroder.blogspot.com.

Yara

y otras historias

Yara

y otras historias

Patricia Schaefer Röder

Colección Tinglar

Ediciones Scriba NYC

Yara y otras historias por Patricia Schaefer Röder
© 2010 PSR
Ediciones Scriba NYC
Colección Tinglar – Cuentos
Narrativa breve

Arte de portada: *Amazonia* por Doris Naffah
Portada: © Doris Naffah www.dorisnaffah.com
Ilustraciones: © 2010 Jorge Muñoz
Ediciones Scriba NYC, 2010

http://yarayotrashistorias.blogspot.com/

ISBN: 978-1-7326767-1-8

Scriba NYC
Soluciones Lingüísticas Integradas
26 Carr. 833, Suite 816
Guaynabo, Puerto Rico 00971
+787 2873728
www.scribanyc.com

Impresión: CreateSpace
Septiembre 2018

*Este libro se lo debo a mi padre Tile Schaefer
cuya voz y risa aún reverberan en mi corazón.*

*Y se lo dedico a mi madre Ursula Röder
a quien afortunadamente todavía puedo abrazar.*

ÍNDICE

PRÓLOGO

Uno de los símbolos que recuerdo del intenso intercambio literario con Patricia es el de la tortuga marina. En una de las conversaciones hablamos de las ventajas que tenían los animales por sobre los humanos. Ella concluyó que la tortuga marina tenía la ventaja de que llevaba la casa en su espalda. Esto le brindaba al animal la libertad de la que carecían muchos seres humanos, que con frecuencia se aferran a objetos pesados, que les rodean y aprisionan. Creo que su reflexión recoge dos de los caminos que abordan los cuentos y relatos de la autora. Por un lado, la naturaleza es la expresión máxima de la liberación; por otro, los objetos, los miedos y rutinas asociados a ellos, aprisionan a los seres humanos "civilizados" hasta volverlos títeres, meras sombras perdidas entre costumbres vacías que comparten con la especie.

La autora viaja por la conciencia, estableciendo un análisis profundo sobre los laberintos de los seres humanos. La exaltación vacía del cuerpo, la maternidad obsesiva, el hastío de las rutinas ciegas, el reflejo violento de los que son presa de la dominación; todos tienen un punto común. Llevan al ser humano a asumir una máscara que los desvía de su naturaleza más profunda. Schaefer Röder estudia de sus personajes los callejones que los atrapan, desarrollando la tensión con minuciosidad para el logro de un conflicto que nos mantiene agarrados del sillón. No sabemos de la nueva desgracia de la mujer que viaja junto a su niño o de la esquina del cuerpo del hombre que insiste en depilarse para estimular el crecimiento del cabello. Sin duda, la tensión es el corazón del cuento, porque recoge un instante de la vida de los personajes y lo desgaja poco a poco para develar todo el universo que reside en una semilla. Por eso, nos parecen un poco obsesivos, y es que el escritor nos arroja a la cara una verdad. Somos mucho más en esos breves instantes de la vida que en los múltiples instantes que recuerda nuestra memoria.

La autora elaboró también el relato, demostrando un dominio excepcional de la palabra. Lanzó un reto al lector. La misma letra inició todas las palabras en los escritos desde el comienzo al final. Schaefer Röder confiesa que la trama nacida del ejercicio no fue controlada por ella sino que se fue develando poco a poco. De esta manera continúa la tradición de los surrealistas, que plantea la existencia de una cantera creativa al interior del inconsciente. Este es rico en temas desconocidos, en novedosas visiones del mundo y está lleno de preguntas sobre el ordenamiento "racional" de nuestra realidad. En los relatos surgen las críticas a la insensibilidad de una apasionada decoradora, a los objetivos de algunos gobiernos, que empujan a ultranza la represión en nombre del progreso. También se añaden al libro otros relatos, en los que el dominador es el dueño exclusivo de la voz, mientras que el dominado es una caricatura que se comunica con sonidos repetitivos, onomatopeyas carentes de un significado completo. Esa condición de desposesión, de enmudecimiento, genera una tensión que nos recuerda molestosamente la marginación. Además, nos sorprende cuando presenciamos el estallido del marginado, esa libido desbocada que se convierte en fuga, en agresión.

Ante las grandes presiones que vive el ser humano actual por el anonimato de las ciudades y la marginación, la autora propone un nuevo comienzo. Es aquí que se introducen la naturaleza y sus seres fluidos, centrados. Conocemos también héroes míticos de la memoria colectiva venezolana, como María Lionza. Esta es acompañada por una danta que representa todo aquello de nuestra naturaleza que la civilización no ha podido "domar". En otro de sus cuentos la autora nos presenta una mujer de la ciudad que encuentra su esencia al hacer contacto con otro manatí en la profundidad del río Amazonas. Luego de su transformación, se pierde entre las aguas del río e incluso comienza a olvidar las memorias que tenía como humano. Sin duda, la redención está en el abandono de la memoria que nos ha legado la civilización occidental. También en el recuerdo de nuestra pertenencia a un todo, fluido como las aguas. Una alternación de ciclos en los que dejamos de ser los dioses pequeños, asustadizos, obsesivos, para convertirnos en otro pétalo más en la fugaz y eterna actividad de la vida.

—Dr. Amílcar Cintrón Aguilú

Yara

"Vamos Yara; es hora", decía una y otra vez la voz en mi cabeza. "¿Hora de qué?", le preguntaba en voz alta, haciéndome la desentendida. "De levantarte. De ir a trabajar. De ganarte la vida", respondía la voz de mi antipática conciencia, repitiendo el mismo diálogo de todas las mañanas en mi gran cama a medio llenar. "Sí, ya sé; no necesito que me lo recuerdes siempre", replicaba yo de mal humor, mientras intentaba salir del enredo de sábanas que me había atrapado durante el sueño nocturno, como una atarraya cuando cae sobre un cardumen. Solo que aquí no había cardumen; esta red siempre caía sobre un pez solitario que nadaba contra la corriente. Apagué el televisor, que seguía transmitiendo cualquier cosa desde la noche anterior, cuando lo encendí para sentirme acompañada. Me levanté sin ganas, igual que lo hacía todos los días de mi vida.

Era una mañana de octubre como las demás; desperté cansada, me negaba a levantarme y apagué el despertador unas cuatro veces antes de lograr ponerme en pie. Perdí demasiado tiempo escogiendo la ropa que me pondría. Al final me puse lo mismo de siempre. De nuevo no me dio tiempo de desayunar. Bueno, tampoco había nada que comer. La nevera y la alacena parecían saqueadas por una jauría de perros salvajes. Mi conciencia me volvió a reprender: "Si sigues así te vas a enfermar. Tienes que desayunar algo y hacerlo con calma". "Sí, ya sé. Pero hoy no hay nada aquí y voy retrasada. Será otro día", murmuré. Otro día, otro día. La verdad es que llevo más de una semana dándole excusas a mi conciencia. Y lo peor es que tiene razón. Tengo que ir al supermercado; tal vez vaya hoy después de la oficina... eso es, si salgo temprano.

Mi conciencia pareciera estar en modalidad de "automático" desde que me mudé a esta inmensa ciudad siendo aún una niña. ¡Qué lugar tan diferente de donde pasé mis primeros años! Recuerdo que la hacienda donde nací estaba al pie de las montañas encantadas. Eran tierras vastas, surcadas por ríos y lagunas, cercanas a una selva espesa que subía por las montañas y entraba en las nubes. La vida venía coloreada sobre un fondo de millones de tonos verdes que llenaban cada instante, cada respiro. La naturaleza lo inundaba todo; no como en esta ciudad, en donde hay que buscar un par de minúsculos árboles aislados entre enormes cajones de concreto armado, cual inmensas urnas colectivas. No tuvimos más remedio que volvernos citadinos; mis padres dejaron el campo al caer en la ruina y perder la hacienda con todas sus tierras, de las que se adueñó un banco multinacional. Eso fue hace ya veinticinco años. Entonces tomamos rumbo al norte e hicimos nuestras vidas en esta ciudad de la mejor manera que pudimos. Nunca más regresamos.

Bebí el mismo café de pie, con la misma prisa matutina de siempre para comenzar el día en el eterno estrés que nos agobia a todos. En el metro vi mi persona reflejada en miles de otros que llevan una vida igual a la mía, donde todo gira alrededor del trabajo. De alguna manera me sentía como alguien más del montón. Una vez fui la niña exótica de cabello negro largo, liso, brillante y ojos verdes como el agua. La niña que llegó a aquella escuela pública desde otro país junto con sus dos hermanas mayores y sin hablar el idioma. Pero esa niña alegre, natural, sencilla y campechana había desaparecido. Su lugar fue usurpado poco a poco por una joven triste y gris, y finalmente por la mujer que veo todos los días en el espejo y que a veces ni reconozco. No me extraña que mi conciencia haya optado por hablarme de esa manera tan seca; creo que también ella perdió la inspiración para comunicarse conmigo, igual que yo misma. Francamente, no la culpo. Cuando niña, éramos las mejores amigas del mundo. Ahora es solo una voz que me dice lo que tengo que hacer si fallo en algo. Ella cumple con avisarme y al final yo hago lo que me parece. Al menos eso creo.

Me bajé en la estación del centro y caminé hacia la empresa. Solo son cinco calles hasta el edificio. Solo cuatro. Solo tres. Entré en un café a comprar mi almuerzo para no tener que salir de la oficina al mediodía. Faltan dos calles nada más. Una. Al fin llegué.

Subí los escalones de la entrada con mi maletín en una mano y la bolsita con el croissant en la otra. El portero me abrió la puerta como siempre y nos intercambiamos un educado "buenos días" que viajaba por una calle ciega. Alcancé a tomar el ascensor que estaba a punto de cerrarse y toqué el piso 13. Venía lleno de gente como yo; aletargados, sin expresión en la cara, buscando el cielo a través de la caja de metal. Vestidos de ejecutivos, con sus sobretodos de colores apagados y uno que otro paraguas compacto, la mayoría traía su maletín y su bolsita de papel con el almuerzo. Como de costumbre, saludé y nadie respondió. "Debe ser algo cultural", pensé, mientras intentaba esquivar cualquier mirada que pudiera cruzarse fortuitamente con la mía.

Si el mundo de los negocios es extremadamente competitivo, hacer negocios en las artes editoriales es más laborioso aún. Hay que fabricarse una coraza para no dejarse aplastar. Se necesita volverse inmune a las envidias y rivalidades de quienes trabajan con uno. Como todo, se trata de una lucha por la supervivencia donde solo perduran los más aptos. Yo entré en esta editorial por la puerta grande; me postulé para un empleo de correctora de pruebas junto con otros cincuenta graduados en comunicación. Solo había dos plazas y una me la gané yo. Trabajé de sol a sol en un horario en el que las horas extras formaban parte de la expectativa normal que tienen los directores editoriales, siempre demostrando mi calidad a todos los niveles. Poco a poco fui mejorando mi posición y ahora soy editora ejecutiva de la empresa. Todo lo que tengo lo gané con mi propio esfuerzo; nadie nunca me regaló nada. He gastado mis energías en mantenerme y avanzar en el trabajo; será por eso que me siento tan agotada. Serán las largas horas de trabajo, será el estilo de vida maratónico buscando contactos, reuniéndome a diario con escritores, representantes, abogados y publicistas, viajando constantemente, lo que me ha venido quebrantando por dentro y por fuera. Debería estar satisfecha de mis logros, pero más bien me encuentro desganada, sin nada que me entusiasme de verdad. Mi conciencia también se ha ido apagando, junto con el brillo de mis ojos y de mi cabello. Me doy cuenta cuando veo fotos viejas; parece que hubiesen pasado muchos años más. Algo me falta, pero no sé qué es. Y mientras tanto, la vida sigue su curso. El trabajo espera; los contratos deben firmarse, la empresa necesita libros que se vendan. Ahí es donde entro yo. "Yara convence al autor y hace que firme el contrato". "¡Yara, eres increíble!". "¡Qué maravilla! ¿Cómo lo haces?". "Ese autor es difícil; enviemos a Yara". "Yara cumple con su obligación y va más allá por la editorial". Es cierto. ¿Qué otra cosa podría hacer sino dedicarme de lleno al trabajo? Nadie depende de mí; mis padres se tienen el uno al otro y mis hermanas tienen sus propias familias. Soy responsable de mi persona y ya. De nadie más.

En la oficina, a las 8:00 de la mañana, me esperaban quince llamadas en la contestadora telefónica y 47 correos electrónicos. ¿Cómo es posible? Si a las 9:30 de la noche soy la última en irme y al día siguiente soy la primera en llegar, ¿cómo pueden acumularse tantos mensajes durante la noche? Ese es el mayor misterio que he enfrentado en mucho tiempo.

La rutina diaria en la oficina me aburre. Dentro de todo, prefiero los viajes para cerrar contratos. Al menos conozco lugares nuevos y salgo un poco de la claustrofobia que me produce este laberinto de hormigón y acero. Aquí, entre intrigas y resentimientos camuflados hábilmente con la fingida amabilidad que impone la etiqueta empresarial, lo único que florece son las plantas de plástico que adornan la recepción y el cubículo de la contabilista. Pero cuando estoy fuera, ocupándome de un contrato, me siento más real, más tangible que en el día a día del piso 13 de aquel rascacielos, rodeada de marionetas chupatintas sin libre albedrío, como la que me lanza el espejo en el baño de damas. Irónicamente, los dos lugares más acogedores en la empresa son mi oficina, con su gran ventana, y el baño de damas. Siempre he necesitado poder ver hacia afuera; los espacios cerrados me ahogan. Pero lo que pasa con el baño no lo termino de entender. Tal vez sea por aquella fuentecita eléctrica adornada con piedras que mantiene el agua corriendo eternamente. Lo cierto es que cuando entro en ese sitio, me invade un cierto sosiego que por momentos me hace olvidar incluso la mezcla pestilente de cloro y amoníaco que se asoma insistente a través del "bouquet" industrial y barato. Definitivamente, tengo que comprar una fuentecita de esas para mi oficina. El sonido del agua que corre por las piedras me tranquiliza y me relaja; hace que pueda sobrellevar las presiones del trabajo y me mejora el humor. Recuerdo que cuando niña, el agua me producía una sensación indescriptible. Era como si invadiera mis sentidos por dentro y por fuera. Igual me pasaba con la lluvia y el viento; eran parte de mi esencia natural. Nadie entendía cuando lo trataba de explicar en la escuela; mis amigas me miraban como si estuviera loca. Pero de eso hace mucho. Tantos años han pasado desde la última vez que fui a nadar, que temo que el agua me rechace.

En realidad debería buscar tiempo para nadar o hacer algún otro ejercicio. No sé qué me pasa que duermo tan mal. Si normalmente me cuesta trabajo quedarme dormida, la última semana ha sido peor que nunca. Me invade una angustia que me comprime desde arriba, aplastándome entera contra una cama de clavos oxidados. Miro el calendario y al fin comprendo por qué: hace tres días fue luna llena. Tal vez sea ese el único vestigio que queda de mi ser natural. Un apéndice molesto que debería extirpar de una vez por todas, pero que se niega a desaparecer por más melatonina que use. Al menos logré que mi biorritmo baile según la melodía que le impongan las hormonas del anticonceptivo que tome. Yo no creo en anticonceptivos invasivos para evitar el embarazo. Tampoco puedo confiar en mi pareja de turno; debo cuidar de mí misma como siempre lo he hecho. Y ya hace bastante que no tengo una relación estable con nadie.

Pasan los días. Pasan las semanas. La fuentecita eléctrica se ve muy bien junto al bambú que tengo en la ventana de mi oficina. Me siento algo más a gusto aquí desde que escucho al agua rodar incansablemente por las piedras. Tengo mucho trabajo; las propuestas se apilan amenazantes sobre mi escritorio y no me alcanza el tiempo para ocuparme de todas a la velocidad que quisiera. El tiempo, el tiempo. Es el recurso que más escasea en esta ciudad. Igual que yo, todos se quejan de lo mismo y hasta ahora nadie ha podido hacer algo al respecto. Dependemos del tiempo para organizar nuestras vidas. Nos envuelve y nos penetra como un haz de rayos gamma. Dentro de todo ese apuro diario, semanal, anual, me parece irónico que nunca me haya podido acostumbrar a usar reloj. De alguna manera me es imposible tener algo amarrado a mi muñeca que esté recordándome constantemente que se me escurre el tiempo y que no puedo controlarlo. Pero la verdad es que tampoco lo necesito; soy muy puntual y no dependo de un reloj castrante para ello.

Trabajo, trabajo, trabajo. Sale un contrato. Sale otro. Sale un tercero. Los autores no se me resisten; unos firman antes, otros se tardan un poco más. Pero al final todos terminan accediendo. Les ofrezco las mejores condiciones, el mejor pago por los derechos de publicación y la mejor distribución; ¿qué más me pueden pedir? Soy la estrella de la empresa, y sin embargo, ya ni eso me llena.

Una propuesta que estaba en medio de la pila llamó mi atención. Se trataba de un compilador de cuentos mitológicos; un tema que siempre me ha fascinado. La editorial estaba muy interesada en publicar una antología, pero el hombre era prácticamente inaccesible. Quiso la suerte que el escritor viviera en la misma zona donde nací, lo que hacía todo aún más interesante. Por supuesto que me lo asignaron, aprovechando además que soy la única editora ejecutiva que habla español en toda la empresa. Así, me puse en marcha rumbo a Chivacoa, una pequeña ciudad del Estado Yaracuy, en el centro occidente de Venezuela.

Durante el largo trayecto mi emoción crecía como la maleza en el monte; fuerte, tupida, invadiendo todos los resquicios de mi alma. Di mil vueltas por la ciudad y finalmente encontré al hombre. Vivía en una pequeña casa amarilla con techo de tejas rojas y un porche amplio desde donde se podían ver las montañas de Sorte en todo su esplendor. Resultó no ser tan ermitaño como habían dicho; sucedía que no se podía comunicar con nadie en la empresa porque sencillamente no hablaba inglés. Me ofreció el mejor café que he tomado en toda mi vida, y a cambio, yo le di el mejor contrato de publicación que le habían ofrecido en la suya. Cada uno hizo su parte: yo bebí mi café saboreando hasta el último sorbo y él firmó el contrato con todas las letras. Realmente fue un buen negocio para ambos. Charlamos hasta tarde y su mujer insistió en que me quedara esa noche con ellos. Acepté la invitación conmovida por mi propia sonrisa, que no dejaba de asomarse a mis labios desde que puse el pie en la ciudad. Tantos recuerdos que querían salir y no hallaban cómo me tuvieron despierta toda la noche, junto con la luna más grande y amarilla que había visto jamás.

"Vamos Yara; es hora", dijo la voz en mi cabeza. "¿Hora de qué?", pregunté queriendo saber. "De volver a casa", dijo mi conciencia. Y por primera vez en muchos años, no discutí con ella. Hoy hacía lo que me dijera sin chistar.

Me levanté con un hambre voraz y una energía inacabable. Comí el mejor desayuno de mi infancia. Agradecí su generosa hospitalidad y me puse a caminar por las veredas olvidadas de mi más tierna niñez.

Caminé. Caminé sin parar por horas, y de pronto la vi a lo lejos. Una mano enorme que salía erguida de la tierra. Era una mano vieja a la que le habían amputado el pulgar. A pesar de esto, los demás dedos subían enérgicos señalando el cielo, dirigiéndose seguros y fuertes hacia el azul intenso e infinito. En la base, la muñeca mostraba el paso del tiempo reflejado en los profundos surcos de la corteza que querían descascararse pero aún no habían encontrado el momento oportuno. El muñón del pulgar estaba astillado y oscuro, mostrando la cicatriz de una herida mal sanada. Sobre la palma cóncava alguna vez se dieron cita distintas semillas de orquídeas y helechos, que luego abrieron paso a enormes plantas, minúsculas sin embargo, en comparación con la gigantesca mano noble que les daba apoyo, abrigo, sustento. Tronco y ramas surcados por un sinfín de estrías diferentes que los recorrían en todas direcciones. La copa de esta maravilla se extendía generosa y abierta para cobijar toda clase de insectos, ranas, pájaros, lagartijas y pequeños ratoncitos de monte. Era una cornucopia vibrante, noble y silente; llena de vida que la hacía palpitar, clavada inevitablemente en la tierra. El viento que pasaba entre las hojas arrullaba el paisaje verde intenso, moviendo el calor de un lado a otro, envolviendo en su rumor a toda la mano y lo que contenía, calmando el grito excitado de pájaros, ranas y grillos.

Al fin llegué, envuelta en la cálida luz de la mañana. Había visto la mano miles de veces en mis sueños ya desteñidos y tuve la fuerte necesidad de conocerla de cerca; de sentirla, de abrazarme a ella; de palpar una a una todas las irregularidades de su tronco. Quise oler el musgo que la cubre por tramos y mojarme con el rocío guardado debajo de los helechos. Curiosa, probé el néctar silvestre y dulce de las orquídeas. Necesitaba escuchar el concierto desenfrenado de los animales que buscan pareja para entender mi propio llamado inquietante y dejarlo salir del vacío en que se ahogaba; del vacío que yo misma sobrevivía a duras penas. Me propuse llenar mis pupilas de todas las formas que me rodeaban; de todos los tonos de verde existentes, de los pardos, de los amarillos. De todos los colores del arco iris, intensos, que están de fiesta perenne en esa mano viva. Mi alma se ensanchó más y más, rompiendo una a una todas las costuras que la encerraban y dejando en libertad al espíritu femenino que hasta ese instante no había aprendido a volar.

De pronto el tiempo se detuvo. Parecía dar vuelta, invirtiendo su rumbo. Sentía cómo al fin el sol y el viento entraban por la piel hasta entonces resguardada bajo miles de telas a lo largo de cientos de años. El rumor del río invadía mi cuerpo, estremeciendo cada fibra dormida, despertándome de un sueño aplastante y mortal. Volví a reír después de toda una eternidad. Nunca me había sentido tan plena y tan libre. Y por primera vez, el tiempo estaba de mi lado.

En ese paraíso natural podía ver más allá de lo que me mostraban mis ojos. Podía escuchar todos los sonidos del universo. Podía oler todas las fragancias que me envolvían y llenaban las dimensiones del cosmos. Podía percibir todos los sabores existentes que se desdoblaban sobre mi lengua resucitada. Podía sentir toda la fuerza de la naturaleza en su máximo esplendor.

Fue entonces que la vi. Estaba escondida tras unos árboles. Me observaba en silencio. Quién sabe cuánto tiempo llevaba allí. Me acerqué despacio, mirándola fijamente a los ojos y hablándole quedo. Al fin salió. No parecía importarle mi indumentaria frente a su desnudez. Era la mujer más hermosa que había visto. Su cuerpo esbelto era musculoso y femenino a la vez. Las caderas anchas y los pechos generosos pero firmes. Sus brazos ofrecían protección y ternura. En su actitud serena traslucían todos los tonos de la humanidad.

—Soy Yara —le dije.

—Lo sé. Soy María —contestó. Y hablamos largo rato como si nos conociéramos desde siempre.

Fuerte e imperturbable, su mirada intensa brillaba aún más con cada sonrisa. Luego se despidió y desapareció por la espesura. Sobre las hojas caídas escuché sus pasos junto a las pisadas de un animal que la acompañaba. Mientras tanto yo seguía reponiendo en mi alma, uno a uno, todos los verdes que los años se habían encargado de decolorar.

Pensé en mi familia. ¿Sentirían lo mismo que yo si regresaran? Ellos tienen su vida hecha y yo sigo sin encontrar la mía. Se preocupan por mí y desean mi felicidad, dondequiera que la encuentre. Me lo han repetido desde que tengo memoria.

Me negué a pensar en la empresa. Realmente no les debía nada; más bien ellos me debían muchísimo a mí. Mis logros profesionales eran huecos, solo me proporcionaron cierta comodidad circunstancial y relativa, que no me sirvió de mucho al tener que dejar media vida enganchada en el tiempo y en los nervios gastados en cientos de proyectos ajenos.

Con cada haz de luz, con cada acento esmeralda que entraba por mis pupilas, mi yo destrozaba cualquier atadura que hubiese podido crear en los años que estuve lejos. Rostros, voces, responsabilidades; todas aquellas cosas que en algún momento llegaron a representar un nexo con ese ambiente agresivo y artificial en que crecí quedaron reducidas a conceptos más y más abstractos. Segundo a segundo me encontraba cada vez más cómoda, me sabía más real, más pura al pie de las montañas encantadas. Me di cuenta de que no necesitaba nada más. No recordé haber sentido algo parecido desde que me fui hace tantos años. Sin pedir permiso, un cosquilleo delicioso sustituyó toda una existencia desabrida y monótona, y yo permití esa conquista, maravillada ante la certeza de que aquí la lucha por la vida era real. En esta selva solo sobrevive el más apto; no existen las intrigas ni las conexiones estratégicas. Es la jungla y el individuo; el yo inicial, el yo básico que solo depende de sí mismo.

"Vamos Yara; es hora", dijo la voz en mi cabeza. "¿Hora de qué?", pregunté una vez más. "De ser feliz", dijo mi conciencia. Y en ese instante la vi salir de mi cuerpo, escapando veloz, volando entre las lianas y las hojas hacia el río. Tan rápida era, que no la podía alcanzar. Solo la podía seguir con la vista; intentando atraparla, intentando recuperarla. No sé por qué. Era algo instintivo, visceral, animal. Yo diría incluso primordial. Allá iba, hacia la cascada. Y yo detrás, sin comprender la razón. Desapareció debajo del salto de agua y no la volví a ver más.

Al llegar, me acerqué a la cortina cristalina y entré en el túnel que ella forma con el risco, desde donde la veía en su constante caer. Allí, sobre la roca lisa y brillante vi mi reflejo en un caleidoscopio infinito, vibrando loco con los fragmentos punzantes del sol del mediodía que se abrían paso a través de la cascada. Solo que la imagen que me devolvía no era la de Yara, la del espejo de mi casa. Reconocí las facciones de aquella María mestiza con la que estuve hablando antes, reina de la trinidad del caribe: india, blanca y negra. Exótica, bella, fuerte. Libre, serena, feliz. Por fin comprendí. Después de tantos años, Yara se impuso sobre los carceleros silentes que dominaban su vida, abriendo las puertas a María para que buscara su propia identidad. Y la encontró aquí, en este bosque, entre árboles y ríos. Entre fieras salvajes y orquídeas. Entre tortugas, manatíes y anacondas. ¡Soy yo! Yo soy María, aquella de la Onza; la que monta en danta por la espesura de la selva; hermana y protectora de los animales y las flores. Y soy Yara, la princesa de los ojos claros; hija de Yaracuy. Soy Yara, diosa de la naturaleza y del amor. Y soy María, la que proviene de Yara después del rapto por la gran serpiente. Yara, la bienamada por los espíritus de las montañas, que castigaron a la serpiente con la muerte y la convirtieron en la dueña de los ríos, las lagunas y las cataratas. Soy María y procedo de Yara, quien estuvo atrapada por una eternidad en una vida que no le pertenecía. Soy una y la otra, y ambas a la vez.

Y así, debajo de la cascada y en medio de la selva, me despojé de mis ropas y me eché a andar con la danta.

Leyenda

La luna llena lamía la llamarada llorando, lamentándose largamente. Los lentos linces lograban llevarse lejos las luces lúgubres, lanzando lánguidas laboriosas lágrimas lanceoladas, lanosas. Luego llegaron los leopardos larguiruchos, lapidados lastimosamente. Latiendo, los lustrosos lugareños llaneros lavaban las legendarias legañas lenguadas; lechosas, leves, laxas. Luciérnagas, loros, leones, lapas, lagartos, lobos, langostas, liebres, lombrices lucían lujosas lianas: lienzos lineales ligando los lazos legales, legibles, lozanos. Luchaban las lubinas, las lampreas, liberábanse los locutores lusos, leían los lectores letrados literatura ligera, las largas líneas llenáronse longitudinalmente; llanas, leves, lúcidas, levantando la labranza la labriega, lacaya laborante lacerada, lacrimosa. Lucrándose ladrando, los ladinos ladrones les legaron la lábil lamparilla, la luz, la lámina, los ladrillos, la loza, las lanzas lilas, los lirios, los lotes llenos, la lancha, los lagos. Lucubrando lógicamente, los luceros lujuriosos lleváronse lubricadas las llagas libertinas. Luego, lagrimearían lampiños la leña, las lápidas, los letreros laterales, los lados, la lanceta, los lapiceros, las letras, la lupa, logrando llenar legítima, líquida, lentamente las lejanas leguas limítrofes. Llegando, llamaron los llanos lloviendo llovizna lunar; lamiendo las llamas la luna llena…

Travesía

"¡Vamos a apurarnos Gabriel, que no quiero llegar tarde otra vez!" le dije a mi hijo mientras con prisa metía en un bolso todo lo necesario para pasarnos el día afuera. Cuando se quiere salir con un niño de casi cuatro años y un perro de tres, siempre hay mucho que llevar: una muda de ropa, agua, jugo, crema para el sol, loción desinfectante, toallitas desechables, crema bactericida para los raspones, galletitas, caramelos, servilletas, algunos juguetes pequeños, libreta y creyones, una pelota, un peine y bastante paciencia, entre otras tantas cosas.

"Amigas y amigos de 99.9 FM Hit 100, los saludamos a las doce del día de este espectacular domingo 17 de mayo de 1992. Estaremos acompañándolos hasta las tres de la tarde trayéndoles siempre lo mejor de los 60, 70 y 80… ¡y ahora también de los 90!" decía, desde la cocina, el locutor de mi estación de radio favorita. "¡Huy, ya es mediodía y aún estamos aquí!" pensé. La temperatura no me ayuda mucho a moverme rápido en este día especialmente caliente. Amaneció un cielo en el que las nubes se habían ido de vacaciones y el sol parecía querer derretirlo todo, incluso a Casiopea, mi viejo Volkswagen Escarabajo amarillo del 72, que por cierto no está nada mal para tener ya 20 años. Casiopea es una de las pocas cosas útiles que me quedaron después del divorcio, y eso solamente porque yo lo había comprado varios años antes de casarme. A diferencia de mi matrimonio, este auto siempre funcionó de maravilla, nunca ha tenido problemas y tampoco me ha dejado tirada a la deriva, puedo confiar plenamente en él, requiere muy poco mantenimiento y resulta agradable a la vista. En días como ese le hago un favor y abro sus dos únicas ventanas para que circule el aire y no se dañe la tapicería; además así no se calienta demasiado por dentro.

"¡Vamos Gabriel, no quiero que tu tío Víctor se moleste conmigo! Mira que a él le encanta regañarme. Recuerda que es mi hermano mayor y aún me trata como a una niña" le dije a Gabriel, que no entendía cómo alguien podía regañar a su mamá. El niño me miraba con sus grandes ojos negros y sonreía mientras acariciaba a su mejor amiga Serafina, la boxer blanca y juguetona que lo cuidaba como si fuese su propio cachorro.

Era el cumpleaños de mi sobrino y mi hermano preparaba una gran fiesta por su mayoría de edad. Toda la familia y los amigos estaban invitados a una suculenta parrillada en su casa de campo en San Pedro de los Altos, donde miles de picos de montañas recuerdan las crestas del mar en un día con brisa.

"¿Ya sacaste tu ropa y fuiste al baño, hijo? Mira que el viaje desde Los Palos Grandes hasta los Altos Mirandinos es algo largo y no podemos parar por ahí; así que ve ahora y nos evitamos una complicación. Muy bien, Gabriel. A ver, te ayudo con el botón del pantalón. ¡Qué duro está! ¿Y por qué escogiste esta ropa? Querías copiarme, ¿cierto? Bueno pues qué gracioso; ahora todos vamos vestidos de blanco, ¡hasta Serafina!" dije riendo. "¿Dónde pusimos el regalo para tu primo grande? Ah, aquí está, llévalo tú. Siento que me falta algo… Ojalá no se nos quede nada; ¿cierto Serafina?".

Con el apuro nuestro de cada día metimos todo y entramos en el carro. Primero Gabriel en su silla infantil, bien ajustado y cómodo a la vez en el asiento trasero. Luego Serafina a su lado. Menos mal que la brisa se llevó un poco el calor y la humedad que se había acumulado hasta el mediodía bajo un manto delgado de nubes grises. "Espero que no se

24

agüe la fiesta" recuerdo que pensé al ver el cielo cuando me sentaba frente al volante.

En la radio sonaba "Contigo", la canción preferida de Gabriel, y nos pusimos a cantarla junto a Ilan Chester mientras comenzábamos a bajar por la falda del Ávila rumbo al sur. Pasando el Obelisco de la Plaza Altamira tomamos la Autopista del Este en dirección a la Universidad Central. Avanzando por el río continuo de carros que fluye a lo largo del valle lleno de edificios altos, y acompañados siempre al norte por la gran montaña verde que esta vez tenía puesta una bufanda plomiza, una vez más Gabriel me señaló maravillado la enorme lata de crema Nivea al lado derecho de la autopista. Más adelante llegamos al distribuidor El Pulpo y me preguntó por qué se llamaba así. "Se llama El Pulpo porque tiene muchos brazos", contesté. Así conectamos con la autopista Valle–Coche, de nuevo rumbo al sur, hacia la carretera Panamericana.

"Mami, y María Lionza dónde está?" quiso saber.

"Ella está sobre su danta, a la derecha", señalé. "Hoy no la veremos porque nos desviamos por el Pulpo" dije.

"¿Y cuándo la vamos a ver de nuevo?" insistió.

"Cuando tengamos que ir a la Plaza Venezuela; tal vez la próxima semana" respondí.

Poco a poco, el cielo sobre la ciudad se iba cubriendo de una espesa capa negra que casi no dejaba pasar la luz. De pronto me sentí como un pez atrapado bajo el techo negro de un derrame de petróleo en el mar. Gabriel me preguntaba si estaba anocheciendo y yo le explicaba que solo eran unas nubes oscuras que tapaban el sol, pero que seguro se irían pronto. El niño se puso a jugar con Serafina y yo seguí cantando a dúo con quien estuviera en ese momento en la radio.

Cuando nos acercamos a la salida de la autopista para tomar la carretera Panamericana el tráfico se volvió pesado y lento, demasiado para un domingo al mediodía. Algo pasaba. Busqué alguna emisora con noticias en la radio, pero nada. Estábamos completamente detenidos en plena autopista.

"Qué mala suerte, justo hoy que vamos a la fiesta de Víctor" dije, "y yo que pensaba que llegaríamos a tiempo…".

"¿Qué pasa Mami, no vamos a llegar a tiempo? preguntó Gabriel mientras acariciaba a la perra.

"Parece que no. Mira cuántos carros hay que no avanzan. ¿Será que regresamos a la casa?" respondí.

"¡No Mami! ¡Tenemos que ir a la fiesta de mi primo! ¡Le tenemos que dar su regalo!" protestó el niño, junto con un corto ladrido de su amiga que lo apoyaba.

"Hm…, tienes razón. Déjame pensar qué podemos hacer. Lo que pasa es que tenemos que ir justamente hacia allá, ¿ves?" le indiqué con la mano "y mira la cantidad de carros que también quieren entrar por ahí. La policía solo está dejando entrar a algunos rústicos y muy despacio. Debe haber pasado algo en la carretera; tal vez un derrumbe, quién sabe. Si nos acercamos no nos van a dejar entrar, ya verás".

"Pero Serafina y yo queremos ir a la fiesta, Mami…" dijo Gabriel casi llorando.

"Bueno, vamos a intentar por otro camino, pero nos tomará más tiempo. Otra vez vamos a llegar tarde, como siempre" repliqué un tanto agobiada por el calor aplastante y el embotellamiento. La sonrisa de mi hijo y el brillo de sus ojos en el retrovisor valía más que todo el tiempo del mundo; esa era mi recompensa. "Suerte que conozco más de una manera de llegar a la casa de Víctor por las montañas; vamos a continuar por esta autopista y nos salimos más adelante para tomar la avenida intercomunal del Valle rumbo a La Mariposa…".

"¿La Mariposa, Mamá? ¿Qué es eso?" preguntó el niño con cara de asombro.

"La Mariposa es un embalse de agua; como un lago donde se acumula el agua que luego se usa para regar los campos y que también llega a nuestra casa por las tuberías" le expliqué. "Seguiremos por allí y después nos vamos por la carretera de San José–San Diego hacia San Antonio, Carrizal, Los Teques y finalmente San Pedro de Los Altos, a la casa de tu tío, ¿te parece bien, mi amor?".

"¡Síííí!" gritó emocionado mi hijo, abrazando a Serafina.

Así que seguimos hacia el sur de Caracas entre construcciones de concreto, cemento y tantas otras de ladrillos sin friso que lucían cada vez más sombrías por la ausencia del sol.

En medio de ese imprevisto eclipse solar, tanto los vehículos como los grandes objetos grises fueron menguando, sustituidos por parches verdes que cada vez crecían más. Y entonces, llegando a la Mariposa sucedió: comenzaron a caer gotas de agua grandes y pesadas como pelotas de golf; pocas primero, pero en rápido aumento. Cerré las ventanas como pude mientras manejaba. En cuestión de segundos Casiopea tenía una gruesa película de agua que cubría los vidrios de manera irregular, con chorros que caían en diferentes direcciones. A pesar de que el limpiaparabrisas funcionaba al máximo, no se daba abasto para eliminar el agua suficientemente rápido.

"¡Uf! Qué fastidio, ahora también esta lluvia" murmuré al intentar concentrarme en la vía desolada.

"¿Qué dices Mamá?" preguntó el niño.

"Nada mi amor, nada. Mira, a la izquierda está la Mariposa, el embalse del que te hablé antes. Lo que pasa es que no creo que lo puedas ver porque la lluvia está demasiado fuerte, pero está ahí…" dije esperando convencerme yo misma un tanto.

"Ajá" estuvo de acuerdo.

Poco después de pasar el embalse, siempre rumbo al sur en medio de la torrencial lluvia que no parecía tener fin y de una vegetación que se volvía más densa, apareció en mi retrovisor un auto grande con al menos dos ocupantes. Se acercó mucho haciéndonos señas con las luces, como para que nos detuviéramos o nos hiciésemos a un lado. No tenía pensado ni lo uno ni lo otro; esa carretera es demasiado peligrosa por lo apartada que está de todo. Cada semana asaltan a alguien en esa ruta, así que más bien hundí el pie en el acelerador, pendiente de la salida hacia San José–San Diego de Los Altos, esperando que desistiera de su interés. No sirvió de nada, de nuevo el carro se acercó agresivamente y los nervios me comenzaron a invadir. A pesar de mi esfuerzo por disimular, Gabriel se dio cuenta de que pasaba algo.

"Mami, ¿qué tienes?" quiso saber.

"Nada mi amor; no me gusta mucho esta lluvia, eso es todo" respondí, siempre mirando por el retrovisor al carro que nos perseguía.

"Mami, tengo calor; ¿puedes abrir la ventana?" pidió el niño mientras los vidrios de Casiopea se nublaban irremediablemente.

"No Gabriel, no puedo abrir la ventana ahora; está lloviendo demasiado y no puedo parar aquí. Tendrás que esperar a que lleguemos. Toma un poco de agua de tu vasito, ¿sí?" contesté intranquila.

Serafina estaba inquieta; seguro se dio cuenta del miedo que se apoderaba de mí a medida que fracasaba en deshacerme del carro que nos perseguía. ¡Al fin! Un poco más adelante, a la derecha, había una salida que subía por la montaña. Sentí un corto alivio al tomar ese camino, hasta que volví a ver el mismo carro detrás de nosotros. Aceleré lo más que pude cuidando las subidas y bajadas de la nueva ruta. De pronto, la perra comenzó a gruñir insistentemente sin ningún motivo aparente.

"¿Qué le pasa a Serafina?" pregunté ansiosa.

"No sé Mami. ¿Qué tienes Serafina?" quería saber el pequeño. Los gruñidos dieron paso a fuertes ladridos cuando algo apareció volando entre los asientos. "¡Mira Mami, una abejita!" dijo Gabriel emocionado.

"¿Una abeja? ¿Dónde está, afuera?" dije, esperando que me diera la razón.

"No Mami, está aquí" explicó el niño en medio de los ladridos desenfrenados de la perra.

"¡Dios mío, qué peligro!" pensé, recordando que Gabriel es alérgico a las abejas y las avispas. "¿Y ahora qué hago?" la angustia no me dejaba pensar con claridad. Los tipos que nos seguían parecían tener intenciones de chocarnos para que tuviéramos que parar, así que no podía dejarlos acercarse mucho; tenía que acelerar lo más posible en esa angosta carretera serpenteante que había tomado por equivocación. No nos podíamos detener para matar o dejar salir al animal; ni siquiera podía reducir la velocidad para bajar las ventanas con todo y la lluvia; tenía que continuar acelerando por ese camino perdido y lleno de curvas que no sabía adónde nos llevaría. Las gotas de sudor en mi frente se ponían de acuerdo para bajar en pequeños hilos por las sienes. De pronto, el insecto comenzó a revolotear alrededor de mi cabeza. Horrorizada, me di cuenta de que no era una abeja, sino una gran avispa matacaballo. "¡Dios santo! ¡No es una abeja, es una avispa! ¡Cuidado, que no te pique, Gabriel!" grité por encima de los ladridos de Serafina, que saltaba inútilmente de un lado al otro intentando matar al animal. El niño empezó a agitar los brazos en todas direcciones por instinto, lo cual pareció enloquecer a la avispa, que volaba por el interior del carro, escondiéndose a ratos en las esquinas y debajo de los asientos para regresar a la carga poco después con más energía aún que antes. Era una locura infernal: en medio de un oscuro diluvio y con los vidrios empañados nos perseguían para asaltarnos en plenas montañas mirandinas; en una carretera llena de curvas y precipicios íbamos atrapados en el carro con la avispa y sin oportunidad de usar el Epipen en caso de que el animal picara a Gabriel, para contrarrestar el shock anafiláctico. El Epipen, el Epipen... ¡no recuerdo haberlo metido en el bolso! Con tanto apuro por salir a tiempo se me quedó el Epipen en la casa; ¡con razón sentía que faltaba algo! ¿Y ahora qué? Solo podía acelerar más, intentando deshacerme del carro que nos perseguía; tal vez se cansarían en algún momento.

De repente, el grito aterrador de Gabriel me heló la sangre: "¡Ay! ¡Aaayyy! ¡Mamá, me picó la avispa!" decía, llorando de dolor y miedo al tiempo que se comenzaba a hinchar automáticamente. Serafina ladraba enfurecida, intentando atrapar el insecto, que seguía revoloteando entre los asientos. Toda esa situación alucinante hizo que perdiera el control del carro en una curva muy cerrada que tomé demasiado aprisa. Nos despeñamos rodando montaña abajo por un precipicio muy empinado.

Poco después despertamos. Gabriel ya no se veía hinchado. Serafina no ladraba más. Salimos del carro volteado y humeante y nos fuimos caminando por la carretera en dirección a la casa de mi hermano. Vimos tres hombres que corrían gritando hacia Casiopea. Nos ignoraron por completo. "¿Están vivos?" le escuché preguntar a uno de ellos al llegar al carro. "Se ven mal. Llama a una ambulancia", dijo otro y poco a poco sus voces se fueron diluyendo bajo el estruendo de la lluvia que arreciaba.

"¡Vamos Gabriel, creo que aún podemos llegar a tiempo! Tal vez alguien nos pueda acercar hasta la casa de tu tío Víctor" dije.

—Y esa es nuestra historia. Muchas gracias por llevarnos, señor. ¿Nos podría dejar bajar más adelante, por favor? Mi hermano nos espera y no queremos llegar tarde… —dijo la joven madre inclinándose hacia el asiento delantero en mi Jeep Liberty del 2009.

—Por supuesto —respondí, concentrado en la lluvia y las curvas de aquella carretera oscura. Bajé aún más el volumen de "No" de Shakira, que sonaba de fondo en la radio. Cuando me acerqué al borde del camino para dejarlos frente a una gran casa que parecía deshabitada, miré hacia atrás con intención de despedirme. No había nadie. Encendí la luz buscando algún rastro, pero lo único que encontré fue una avispa muerta en el asiento.

Bendición

Todas las noches antes de irse a la cama, la madre entraba en las habitaciones de sus hijos para asegurarse de que todo estuviese en orden mientras dormían. Con todo el amor arreglaba sábanas y frazadas, los besaba y les susurraba al oído cuánto los quería, lo importantes que eran para ella, y los encomendaba a Dios para que los cuidase. Así hizo, noche tras noche, año tras año, durante toda una eternidad, sin percatarse de que en algún momento, los niños habían crecido y se habían ido de la casa. Y aún ahora, cada noche, la madre repite aquella solemne y amorosa ceremonia de bendición a sus hijos, sin haberse enterado nunca de su propia muerte años atrás…

2045

En la orilla norte del río Guaire hay una anciana que invoca a los espíritus. Vive no muy lejos del nuevo parque residencial de buses habitacionales, en una casa de friso blanco y techo de tejas rojas.

La mujer hace aparecer a los difuntos en la pantalla de un antiguo televisor de tubos catódicos; una especie de bola mágica encerrada en un vejestorio de finales del siglo pasado. Se trata de un clásico Sony de 23 pulgadas con mando a control remoto. ¡Cómo me divertí viendo películas en uno de esos cuando era niño!

Qué tiempos aquellos, cuando teníamos todo y no lo sabíamos. En cambio ahora, cincuenta años más tarde y viviendo en un mundo privado de electricidad, los chicos no sabrían qué hacer con un televisor como ese, sino desarmarlo y usar sus partes para construir aparatos mecánicos, o hasta para hacer esculturas. ¡Qué diferencia con la infancia de mi generación! Muchísimos de nuestros juguetes y aparatos de uso diario funcionaban con baterías o electricidad: autos, computadoras, teléfonos, cámaras, aparatos de música, artefactos del hogar. Las cosas divertidas o importantes andaban con corriente. En mi época todo dependía de la energía eléctrica y todo giraba alrededor de ella; la economía, la política, los empleos. Quien poseía la energía, tenía algo que decir. Ahora es distinto. El meteorito aquel del 2025 desvió para siempre el curso de la humanidad, regresándola de golpe a una vida artesanal y rudimentaria, después de haber experimentado adelantos técnicos casi inimaginables para el hombre. Me resulta un tanto irónico que ahora, en pleno 2045, nos encontremos en medio de este renacimiento que nos impuso el destino. Al menos las artes y las humanidades están cobrando nueva fuerza, a raíz del descubrimiento obligado del espíritu dormido. Religión, ciencias ocultas, metafísica; todo está avanzando a pasos agigantados. El mundo entró en una nueva etapa mística, y la mística se fue colando poco a poco en la gran mayoría de la gente.

Muchas personas le han pedido ayuda a la anciana del Guaire para establecer contacto con seres queridos que ya no están entre nosotros. Dicen que es capaz de invocar cualquier espíritu y que además les habla con confianza, como una amiga. Hace poco fui a ver a la anciana también. Quería comunicarme con mi esposa, que se había quitado la vida dos años antes, víctima de depresiones. Aunque no estaba totalmente seguro de que la anciana me pudiera ayudar, decidí intentarlo. Necesitaba saber que Isabel estaba bien; le quería decir que la seguía amando y que la recordaba todos los días.

Llegué en mi vieja bicicleta bajo el abrasador sol del mediodía. Mi ropa está totalmente embebida en sudor; algo a lo que aún no me termino de acostumbrar, pero con lo que he tenido que vivir forzosamente por falta de aire acondicionado. Me seco y me pongo otra camisa para estar más presentable.

La casa está huérfana en un camino de tierra cercano a la orilla del río. Solo la acompañan las ruinas desmembradas de una vieja torre eléctrica. Se nota que fue construida hace muchísimo tiempo, pero nadie sabe con certeza cuándo. Toda esa zona solía estar prácticamente deshabitada hasta hace poco, pero ahora el gobierno local decidió llevar cincuenta módulos de buses–casas refaccionados para crear un elegante complejo vacacional en las cercanías.

Aunque no está en su mejor momento, la casa me recuerda aquellas sobrias construcciones coloniales del siglo diecinueve, con sus paredes blancas y los techos rojos a dos aguas, altos y elegantes. Sus ventanas largas, adornadas con rejas de hierro forjado, dan a un pasillo abierto y techado que corre alrededor de la casa, regalándole frescura al interior. Parecería la casa grande de alguna hacienda que no pudo sobrevivir a la industrialización, o tal vez a la globalización; quién sabe.

Me acerco titubeante al porche. La pesada puerta de madera está entreabierta. Llamo y escucho una voz en la lejanía que me dice que entre. Muevo un poco la puerta para pasar. La diferencia de luz me ciega por un instante. Mis ojos se van acostumbrando poco a poco, hasta que logro ver los pesados muebles distribuidos por el salón. La luz del sol entra por las ventanas que dan al patio interno, iluminando el interior a través de ligeras cortinas de encaje color crema. Un mantel desteñido por los años cubre la mesa del comedor, y en la vitrina las copas lucen opacas y la platería manchada. Los cojines de terciopelo de los sillones se ven gastados. Todo está en ese orden particular que tienen las casas abandonadas hace mucho tiempo. Parece que no hubiera nadie, y sin embargo sé que la anciana vive aquí. Además, me dijo que entrara, ¿pero dónde estará?

Avanzo hacia la siguiente sala buscando la voz que me dio paso. De pronto la escucho detrás de mí. Me presento y me disculpo por irrumpir en la tranquilidad de su casa. Ella me mira serena y dice que no me preocupe.

Es una mujer de aspecto agradable y sencillo. Lleva puesta una bata blanca con estampado de florecitas. Su contextura es delgada, de baja estatura y tez morena. Tiene el cabello gris, recogido justo detrás de las orejas, en un moño que asemeja una cebolla. Me mira a través de sus lentes con unos ojos grandes y negros, muy expresivos, al igual que las líneas que definen su rostro. Tendrá unos setenta años, pero se conserva muy bien. ¿Será que esta anciana vive sola en una casa tan grande?

La anciana comenta que me parezco a su hijo, que debe tener más o menos mi edad. Le pregunto si vive con él y dice que no. Se fue de la casa hace veinte años, justo después del meteorito. Me cuenta que lleva tiempo esperando que su hijo venga a verla. Lo extraña mucho, pero él no la visita nunca. Pensé en mi madre, ¡cómo me gustaría poder visitarla! Pero ella también había abandonado este mundo, igual que Isabel. Se me ocurrió que si todo salía bien hoy, tal vez podría pedirle ayuda a esta mujer para comunicarme con mi madre en otra oportunidad.

Pasamos a la pequeña sala donde está el televisor. Preguntó si había traído algún objeto de Isabel para establecer el contacto, y yo le di un pañuelo bordado que ella siempre llevaba consigo. La mujer tomó el pañuelo en una mano y posó la otra sobre el televisor durante unos minutos, cerrando los ojos mientras decía: "Isabel, Isabel… Querida Isabel, ¿estás ahí? Nicolás te vino a visitar".

De pronto comenzaron a verse unos destellos brillantes en la negra pantalla del televisor. Una voz conocida salía de los altavoces. Era Isabel que me hablaba, a la vez que los destellos vibraban y cambiaban de color. Se le oía tranquila, apacible. La nostalgia me estremeció. Le dije que la amaba y que siempre pensaba en ella. Ella lo sabía. Siempre lo había sabido, pero a mí me gustaba decírselo. Era como un juego; repetíamos el mismo diálogo una y otra vez, hasta que uno de los dos se daba por vencido. Hoy la dejé ganar a ella. Una emoción inmensa invadió mi pecho cuando dijo que ella también me seguía queriendo. Las lágrimas se derramaron mudas por mis mejillas y al rato me despedí de ella, dejándola regresar a su nuevo sitio.

Le agradecí a la anciana desde el fondo de mi corazón. Camino a la puerta, le pregunté qué le podía dar a cambio por tan inmenso favor. Se limitó a decirme que no podía hacer nada con los bienes materiales, y que lo único que ella deseaba era que su hijo la viniera a visitar. Cómo me hubiera gustado ayudarla con eso; pero nunca me dijo su nombre ni dónde lo podía encontrar.

En el camino de regreso vi a un grupo de personas que se dirigían a la casa de la anciana. Es verdad que la mujer es famosa, pero lo que más me impresionó fue su gran generosidad.

Tres semanas después se cumplían cinco años de la muerte de mi madre y decidí ir a la casa de la anciana, a ver si podía ponerme en contacto con ella. De nuevo me recibió con mucha amabilidad y pasamos a la salita del televisor. Estaba a punto de darle el rosario de mi madre para que la invocara, cuando escuché a alguien entrar en la casa. La mujer dio un salto y exclamó: "¡Mi hijo! ¡Al fin vino!". Volteé la cabeza en dirección a la puerta, y vi venir a un hombre corpulento de unos sesenta años que compartía las facciones de la anciana. Parecía no entender qué hacía yo allí, sentado frente al televisor con un rosario en la mano. Me preguntó quién era y por qué había entrado en su casa. Intenté explicarle que su madre había sido tan amable de ayudarme unas semanas atrás con el asunto de mi esposa, y que ahora me estaba ayudando a ponerme en contacto con mi propia madre. El hombre me miraba perplejo e insistía en que yo había entrado sin permiso en una propiedad privada, a lo que le contesté que su madre me había dejado entrar, igual que a tantas otras personas que venían a pedirle ayuda todo el tiempo.

"¡¿Pero de qué cuernos me habla usted?! ¡Esta casa ha estado cerrada desde hace veinte años! ¡Aquí no vive nadie!" gritó, mientras buscaba algo en una gaveta del recibidor. Sacó una foto a blanco y negro de una tumba en la que se leía claramente: Idalisa Vegas, 1955–2025. "¡Mi madre murió hace veinte años. Se electrocutó durante el choque del meteorito, mientras buscaba el canal de las noticias en la televisión! ¡Ahora lárguese de aquí!".

Furioso, se dirigió hacia la puerta, donde su madre lo esperaba con los brazos abiertos, y pasó a través de la anciana que se quedó inmóvil, llorando el llanto quedo de los que se han tenido que conformar.

Matriarca

Mientras más me miman, más menuda me mantengo, manejando mareada mi máscara maternal. Mujer, madre, mártir; mucho margen medular, melodramático, melancólico. Mensajera, mandante, mendiga; mercenaria matrona meritoria, mezclada, mísera. Ministra miniaturizada, millonaria; mayorista mínima, mitológica, moderada. Mi macho marido, monigote malnacido, monstruo miserable, maniático; mi matrimonio malaventurado, masoquista, malogrado, me metió mucho miedo. Muy matrera, mi mamá me mandó merecido machete, matarratas matador más medicamentos matasanos. ¡Menos mal! Madrugué, me maquillé, mudé meteóricamente mi mundo malo, maltratado. Malherida, marchita, marcada, me mofé malamente mientras miraba molesta monumentos morales mentirosos. Muchas memorias mansas mezcladas me maravillaron momentáneamente. ¡Marcelo, mi mocoso mimado, muchachito misógino, mujeriego, mozarrón moro, malandado malabarista morfinómano moroso, mañero; me mata mi morriña madrina, muéstrame molinos metropolitanos mitificados metódicamente! Marisela, muñeca mestiza, melliza malcriada, musculosa, majadera; muestras muslos manoseados, mordisqueados, mórbidos, muy metidos, motivados, movidos más mamas magulladas, mugrientas, marginadas. Maira, menuda muchacha, monja mitigadora, modesta, magnánima; mejor murmullo mi melodía mientras mundanamente matizo más música medieval, mágica. Mariana, mi musa mulata mayor, moza, modelo, matemática, mediadora, madura; multitudes matinales marchantes me miran merodeando, movedizas, mudas; mija, mantenme mimada mientras mojada me marcho murmurando monótonamente, muriendo...

Rebeca

Le debo una visita a Rebeca; se lo merece. Lo haré este jueves; me tomaré el día libre en la oficina. La ocasión lo amerita. Le llevaré un arreglo de claveles rosados y blancos, sus favoritos. Sé que le va a encantar; lo prepararé esa misma mañana para que las flores estén lo más frescas posible.

Rebeca y Enrique acaban de anunciar que serán padres por segunda vez. Me parece que fue ayer cuando fui testigo de su matrimonio hace ya ocho años. ¡Cómo pasa el tiempo! Rebeca Fuentes es mi gran amiga desde la niñez. Nos criamos juntos, nos conocemos en detalle. Siempre nos mantuvimos cerca, aún después de haberse casado con Enrique. Prácticamente soy otro miembro de la familia; participo en todos los eventos y reuniones, y me tratan como a un hijo y hermano. Por mi parte, siempre que puedo ser útil me pongo a la disposición del que me necesite. Soy muy afortunado de pertenecer a ese círculo de gente tan especial.

A golpe de las cuatro de la tarde toqué a su puerta. Rebeca estaba sola con Miguel, su hijo de cinco años. Se alegró muchísimo por la visita, y sobre todo le encantó el arreglo de claveles que llevaba en los brazos y que casi no le dejaba verme la cara. Lo coloqué con cuidado en su dormitorio, como me pidió, porque ella pasaba el mayor tiempo ahí y así lo disfrutaría más.

Estuvimos charlando en la cocina mientras me preparaba un café y luego pasamos a la sala. Parecía un repentino salto atrás en el tiempo. De pronto estábamos merendando café con galletas, como hicimos miles de veces durante nuestra juventud. Era una especie de *deja vu* añejo que trae consigo un cargamento de recuerdos buenos y mejores, mezclados todos en la taza de la que bebía mi café.

—¡Qué bello te quedó este arreglo, gracias! —dijo Rebeca, mientras me abrazaba fuertemente.

—¿Y cómo querías que me quedara, si lo hice especialmente para ti? Tuve la mejor maestra y creo que aprendí bien de ella.

Rebeca sonrió y me volvió a dar las gracias. Ella me enseñó primero a manejar las plantas y después a trabajar las flores. A lo largo de muchos años aprendí innumerables cosas sobre las flores: desde las técnicas para cultivarlas hasta cómo mantenerlas hermosas durante más tiempo. A veces hacía arreglos complejos, en otras ocasiones las secaba para preservarlas. Agregándole un poco de colorante o unas gotas de esencia perfumada al agua, podía teñirlas de colores exóticos e incluso cambiarles su fragancia natural. No hay duda de que las flores son nobles; siguen vivas por varios días, transpirando al ambiente el líquido del que se nutren y regalando su aroma a pesar de haber sido cortadas de sus tallos.

Pasaron un par de horas y llegó Enrique.

—¡Enrique! ¡Felicidades por el nuevo embarazo! Les deseo mucha dicha y suerte con el crecimiento de la familia.

—Gracias. Y tú, Rafael, ¿cuándo nos das la sorpresa y te casas?

—Eso será cuando al perro le salgan plumas —río.

—No hables así —dijo Rebeca—. Yo te conozco. El día menos esperado te apareces con una chica y nos cuentas que se casaron en secreto.

—Tal vez, —contesté, y desvié la conversación hacia algo más mundano. Les recordé que debían comenzar de nuevo con todo el proceso de los pañales. Eso les cambió la cara durante unos diez segundos. Todos nos reímos. Después seguimos hablando de mil cosas diferentes durante la cena y la sobremesa. Fue una velada muy agradable.

Mientras regresaba a casa me invadió una sensación de vacío y saturación a la vez; algo que nunca antes había experimentado. "Tanta charla me dejó algo aturdido", pensé.

El domingo hizo un hermoso día de julio, perfecto para visitar a la familia Fuentes. El sol brillaba con fuerza resaltando los colores intensos de la ciudad. Desayuné bien, con calma, y me puse el traje oscuro que reservo solo para ocasiones especiales.

Llegando, una cantidad inmensa de arreglos florales dejaba ver el gran número de personas que conocían a Rebeca. La variedad de flores parecía infinita: claveles, rosas, azahares, gladiolas, orquídeas, tulipanes, calas, nardos... La mezcla de aromas llenaba el aire limpio del fin de semana capitalino, inundando todo el ambiente. Rebeca siempre fue una con las flores y para mí son una pasión que compartía con ella, mi gran amiga.

En los pasillos de la funeraria se escuchaban los comentarios típicos: "¡Pobrecita, tan joven y llena de vida!", "¡Qué tragedia, además estaba embarazada!" "¿De qué murió?", preguntaban todos al llegar, pero las respuestas eran vagas. Nadie comprendía cómo pudo sucederle algo así a Rebeca; morir de esa manera tan trágica e inesperada. Enrique, su esposo, había perdido el habla por el gran pesar que le invadía. Aun así, se estaba ocupando personalmente de su pequeño hijo de cinco años, que no terminaba de entender cómo su mamá se fue tan de repente y sin despedirse de él. La familia de Rebeca se hallaba dispersa por todo el lugar, recibiendo las condolencias de los amigos y allegados.

Entré en la capilla donde velaban a Rebeca y les presenté mis respetos a sus padres, a sus hermanos y a Enrique. Como amigo de la familia desde hace tantos años, era lo menos que podía hacer. Había visitado a Rebeca y Enrique tres días antes con un gran arreglo de claveles rosados y blancos para felicitar a la pareja por el nuevo bebé que esperaban. Curiosamente, habían colocado ese mismo arreglo dentro de la capilla, cosa que me conmovió. Los claveles estaban tan hermosos como el primer día; el ramo incluso parecía recién hecho.

Mientras saludaba a los que estaban en la capilla, me percaté de que la urna no tenía vitrina.

—¿Por qué no se puede ver a Rebeca? —le pregunté discretamente a su hermano.

—La pobre quedó irreconocible —dijo, mientras me acompañaba hacia el pasillo.

—¿Irreconocible? No entiendo; me dijeron que había fallecido a causa de una enfermedad. ¿Acaso estoy equivocado?

—No, Rafael. Lo que pasa es que tuvo una muerte rápida por una reacción alérgica de esas que le hinchaban la cara. ¿Recuerdas que de vez en cuando se le disparaba una alergia?

—Claro que recuerdo. Cuando eso pasaba, había que llevarla al servicio de emergencias más cercano. Allí le ponían oxígeno y le inyectaban medicinas por todas partes para evitar que se asfixiara. Era toda una pesadilla.

—Pues esta vez los médicos no pudieron impedir que sus pulmones colapsaran. La inflamación fue muy intensa y fulminante. Cuando llegó a la clínica ya no había mucho que hacer. Los médicos intentaron todo lo que estaba a su alcance, incluso una traqueotomía, pero ni siquiera eso funcionó. Fue horrible verla luchando por respirar y no poder hacerlo. Tampoco pudo hacerse nada por el bebé.

—No sabes cuánto lo siento. Debe haber sido terrible. Nadie se espera que una simple alergia pueda ser fatal.

—Lo fue. Al principio no pensamos que la reacción pudiera ser tan severa, a pesar de la taquicardia. Sin embargo, se le veía ya bastante mal camino al servicio de emergencias. No hay palabras que puedan describir el horror que sentimos...

—Me lo imagino. ¡Qué espantoso! ¿Y qué fue lo que ocasionó la alergia?

—Eso es lo que nadie sabe. Rebeca no tomaba ninguna medicina a la que fuera alérgica. Ella se cuidaba mucho cuando le recetaban un medicamento nuevo; antes de usarlo se aseguraba mil veces de que no le haría daño. Pero además, desde que supo que estaba embarazada, no tomó más nada nunca. Y ya estaba en el quinto mes... Según los médicos fue algo que comió, aunque me parece raro porque ella nunca fue alérgica a ningún alimento, solo a los analgésicos como la aspirina y a todos los antiinflamatorios sin esteroides. Pero los médicos insisten en que tuvo que haber sido algo que ingirió durante el día y creen que fue el picante que le puso a la carne. En fin, ya no hay nada que hacer. Rebeca y su bebé murieron.

—Me imagino que los médicos sabrán lo que dicen. Las alergias son impredecibles; hoy en día todavía no se comprenden bien las causas que hacen que aparezcan o desaparezcan de repente.

—Creo que tienes razón. De cualquier forma, ya pasó.

—Es triste, pero es así... Se nota que Enrique está destrozado. Voy a ofrecerle un café.

Me acerqué a Enrique, que salía al pasillo. Como iba solo, no me fue difícil abordarlo.

—Ven, Enrique. Vamos a tomarnos un café.

Él asintió y nos dirigimos hacia la mesa donde estaban el café y el agua. Mientras le servía un café negro con poco azúcar, le comenté cuánto sentía lo ocurrido. Enrique escuchaba sin hablar, con la mirada un tanto perdida. Después de un rato, me miró a los ojos y, rompiendo su silencio, me dio las gracias.

—¿Por qué?

—Por estar siempre allí cuando más te necesitamos.

—¡Pero no faltaba más! —le contesté—. Para eso son los amigos, ¿no?

—Sí... Fue bueno que pasaras el otro día por la casa. Rebeca estaba tan contenta con las flores, que las puso en el dormitorio.

—Sí; ella me dijo que las colocara allí porque ese era el lugar donde pasaba más tiempo. Me alegro que le hayan gustado tanto...

—Le encantaron. ¿Las viste en la capilla? Todavía hoy siguen hermosas —dijo. Y con los ojos llenos de lágrimas se alejó sin decir nada más.

Me quedé un rato más en la funeraria, saludando a los amigos y conocidos que se acercaban a darle el pésame a los familiares de Rebeca. Entre lo que más comentaban estaba lo rápido que había sido todo y lo monstruoso que puede ser desarrollar una alergia tan repentina y con resultados tan fulminantes. Había un cierto halo de misterio y superstición en el ambiente, a pesar de que los médicos diagnosticaron un shock alérgico al picante que Rebeca había comido en el almuerzo de ese día. Esa fue la versión oficial de la muerte de Rebeca y su bebé.

Camino al cementerio fui recordando uno a uno los momentos que Rebeca y yo pasamos juntos a lo largo de tantos años. Los juegos inocentes de nuestra infancia, las charlas interminables de nuestra juventud, las confidencias guardadas. ¡Cuánta falta me haces ya, querida amiga!

Una vez reunidos alrededor de la tumba, mientras rezábamos por su alma, rompí en llanto. Era demasiado para mí. No podía dejar de pensar en ella; su hermoso cabello castaño oscuro con visos rojizos, los ojos negros, grandes y profundos, y el aroma de su piel que me robaba el aliento. Toda mi vida estuve enamorado de esa mujer; siempre cerca, ayudándola y compartiendo sus sueños. Sin embargo, y a pesar de que conocía mis sentimientos, Rebeca siempre me trató como a un gran amigo y solía decir que me quería "como a un hermano". Nunca me quiso dar una oportunidad. ¿Por qué, Rebeca? ¿Qué podía ofrecerte Enrique que no pudiera darte yo? Mira qué bello el arreglo de claveles que hice especialmente para ti, como muestra de mi amor incondicional. Incluso disolví tres aspirinas en el agua para que las flores se conservaran frescas por más tiempo. ¿Qué pasó, Rebeca? ¿No podías respirar? Así mismo me sentí yo durante ocho largos años. Pero no te preocupes, que ahora todo será mejor. Y para que nunca me olvides, el mismo Enrique arrojó a la fosa esos claveles frescos y perfectos que tanto te habían gustado, mi amor.

Desde ahora, mis visitas a Rebeca serán en el cementerio; las circunstancias lo ameritan.

Cocina

Completamente consciente, Clara contemplaba con cruda crispación cómo Carla conocía compromisos culturales culinarios. Creyéndose crédula, Carolina cocía con condimentos celestiales, cultivados contracorriente como cuerpos conspicuos. Ceremonioso, cacique César comía contento cuanto cocinaban con cuidado, con carnes, caballas, crustáceos, cremas, compotas, cítricos, castañas, cerezas, calabacines, cebollas, cilantrillo, cúrcuma, colines, cacao, cerveza, café... Contra colosales cajas cuadradas, Carlos cernía cien cereales completos con cautela ceremonial. Cecilia consumía celosa, concentrada, cuanta cosa comestible conseguía; certera, capaz, contumaz. Consultó Carmen, curiosa: "¿Cuánta cosecha compraron con cuatrocientos centavos?". Cleto contestó: "¡Cinco!". Cansada, Claudia cerró caja, contando cualquier comensal cebado, curtido. Corina claudicó con coraje comprobando cómo, casualmente, Clara componía cuentos ciegos con canciones cutres clandestinas. Cuando clamaban clero, cinco caballeros cubrieron con cueros callos, calvas, cicatrices, cabello. "¡Cocinemos, compañeros!" coincidieron concomitantes, congratulándose, confabulándose. Como correctivo, coronaron corpóreamente cerdos colorados, corredores, cojos, con cuchillos, cucharas, condimentos, coincidiendo compulsivamente con ciertos cubiertos corroídos. Con completa certeza cogieron cabras, cazuelas, cacerolas, consomé, cuidando cortar cabezas, colas cabalmente. Calamitosos, calcularon calderas candentes con calentadores calificados, calibrados. Criada célebre, calmosa, Calixta calzaba canesú, cofia, cubriendo concienzuda cuerpo, cuello, cabeza, cuando con clamor cándido, Cristóbal cantaba cautivadoramente cazando cangrejos con conchas celestes. Calixta chanceó contenta. Camarera, camarero, contaron casi cien carbones, candelabros caros, canastas, colocando cuanto cabía con carencias. Con cachetes color carmín, Carla cargaba chanchos cuestionables, ciegos, cebones, carnavalescos, carnosos, castigados; cacos confesos con cortadas coaguladas, culatazos craneales contundentes. Cuando Cleto compró cuarenta crías, Carlos consiguió cajones cuadriculados con cuantiosas celdas ceñidas, cuales cuerpos consolidados. "¡Cleto! ¡Coloca cinco crías con cuidado, caramba!" chilló Carla, caminando cuesta corta con culinaria culpa. Consumiendo chocolate caliente, caramelo, contraída, cumplida, consciente, Clara continuaba contemplando cíclicamente con crecida conmoción cómo Carla comunicaba conocidas confidencias culinarias con colmado cariño característico; consecuente, completamente consumado, cabalmente cursi…

Loba

Ven, Loba. Sube. Hazme compañía. Eres la única que me entiende de verdad. La familia y mis amigos tienen buenas intenciones, pero no terminan de comprender.

Loba, eres mi mejor amiga. Tal vez la única amiga verdadera; noble y fuerte. ¡Cuántos años compartidos! ¡Cuántas vivencias juntas! Te debo tanto, compañera del alma.

Recuerdo aquel lluvioso y frío día de abril cuando te encontré, de apenas unas semanas de nacida, desamparada en el bosque. Gemías de miedo. Estabas empapada; tenías frío y hambre. Te llevé conmigo, te cuidé y te alimenté con el mayor de los cariños. Camino a casa vi una loba adulta con un cachorrito igual a ti que yacían como piedras cerca de la carretera. Creo que de alguna manera escapaste de la muerte ese día. Luchaste por tu vida y corriste con suerte; nuestros rumbos se cruzaron y tuve la dicha de rescatarte. De eso hace ya siete años. Siete años en los que aprendimos a conocernos, respetarnos, querernos. Fuimos inseparables desde el principio. Me seguías a todas partes, y yo te llevaba a otras más. Y sigue siendo así.

Tu padre debe haber sido un apuesto husky rojizo y blanco, por tu tipo de hocico, tus orejas y tu color. Tu madre tenía el pelaje marrón y el hocico más bien alargado. Se veía noble, acostada sobre su otro cachorro, intentando protegerlo. Los dos tenían disparos de escopeta. Seguro que se toparon con algún cazador furtivo de esos que hay por esta zona. No dejé que vieras esa escena tan triste; quise evitarte el dolor y la humillación, para comenzar a cultivar tu dignidad desde el principio.

La dignidad es el bien más valioso que tenemos. Es el respeto que sentimos por nosotros mismos; hasta dónde nos permitimos llegar y dejamos que otros lleguen en relación con nosotros. Y aunque todos tenemos diferentes formas de definir y medir la dignidad, cada quien merece respeto a su persona, a sus ideas y a su voluntad; ¿cierto, Loba?

Loba, estoy cansada. Acompáñame un rato más; vela mi sueño. Déjame reencontrarme con alguien querido, a quien no he visto en mucho tiempo... Sí, sí; ahí lo veo, a lo lejos. Distingo su silueta. Me acerco feliz hacia mi amigo, que me espera con una sonrisa. Se alegra de verme, igual que yo me alegro de poder verlo de nuevo. Siempre amable, siempre esperándome, amigo desde la infancia. Mi mejor amigo de la niñez y la juventud. Llego a su lado y lo saludo con un beso en la suave mejilla que me tiende inclinando un poco la cabeza. Me da la mano y caminamos juntos como tantas otras veces. Solo que ahora es distinto, aunque no tanto. Ya no soy una niña. Las cosas de las que hablamos han cambiado con el tiempo; los temas se han vuelto más críticos. Pero nuestras ganas de hablar siguen igual; charlamos durante horas como antes.

Conozco a mi amigo desde que tengo memoria. Han pasado muchos años ya desde la primera vez que jugamos juntos, y sin embargo seguimos teniendo esa relación pura y transparente que tuvimos desde el principio. Mi amigo y yo compartimos vivencias, sueños y juegos. Teníamos todo el tiempo del mundo en nuestras manos y hablábamos sobre cuanta cosa nos pasara por la cabeza. Podía confiar ciegamente en él; sabía que nunca me defraudaría. Lo que prometía, lo cumplía sin falta. Nunca me mintió ni hizo nada que me doliera. Tampoco me cambió por nadie; estaba segura de que ninguna otra persona podía quitarme del puesto en que me tenía.

Recuerdo con ternura las tardes que fuimos a montar a caballo, y cuando recogíamos caracoles a la orilla de la playa. Siempre que había algo que hacer, mi amigo me acompañaba. Y sé que lo hacía con el mayor de los gustos, porque él también disfrutaba mi compañía tanto como yo disfrutaba la suya. En la playa volábamos cometas cuando había suficiente viento, o nadábamos juntos en la bahía de aguas serenas a la que solíamos ir. También íbamos a montar bicicleta y al parque del caballo blanco. "Yo me quiero subir a la cola del caballo", le decía, y él asentía con una gran sonrisa. "Pero es más divertido si te montas en el lomo", me contestaba. "Está bien, primero en la cola y después en el lomo", decía yo. Y sin falta, en algún momento, me retaba a meter la mano en aquella boca roja del caballo blanco del parque, y me decía que tuviera cuidado de que no me mordiera. Siempre acepté su desafío; el caballo blanco nunca me mordió.

Nos volvimos expertos en todas las artes; desarmábamos cada obra en trocitos minúsculos y la volvíamos a crear como mejor nos parecía. Nos asombrábamos ante las cosas sencillas y maravillosas del mundo, y a la vez no había nada que nos escandalizara. No existían temas prohibidos ni tabúes ocultos; la tolerancia y el respeto abrieron nuestras mentes en las ciencias y la religión. "Vive y deja vivir, pero siempre con dignidad", era el lema. Nada escapaba a nuestra atención; desde el musgo sobre las piedras y la brisa en las palmeras, hasta la protesta por el derecho a vivir o a morir. Desde un concierto de la banda marcial hasta una exposición de arte contemporáneo, pasando por el sermón del párroco cualquier domingo o la primera plana del periódico; todo merecía algún comentario, alguna reflexión, alguna discusión.

Siempre estaba ahí. Siempre tenía tiempo para acompañarme en alguna aventura o para ayudarme en algún proyecto que se me ocurriera. Como lo demás, también eso era recíproco, solo que a veces tenía que esperar un poco por mí. Es inevitable; de alguna manera hago esperar a los que me quieren, como si instintivamente quisiera poner a prueba su resistencia. Pero mi amigo siempre fue paciente y siempre me esperó.

Todas las tardes, alrededor de las tres, tomábamos café con el pastel que hubiese ese día. Si no había pastel, comíamos galletas. Nos deleitábamos compartiendo ese ritual diario que terminó volviéndose algo casi sagrado. Si había alguien más, lo incluíamos momentáneamente en nuestra ceremonia, sabiendo que sería solo una situación puntual, efímera y sin mayor trascendencia. Es que mi amigo era una enciclopedia viviente; a todos les gustaba hablar con él sobre cualquier cosa. Y yo, feliz de escucharlo.

Mi amigo y yo nos preocupábamos el uno del otro. Cuando tenía algún problema, me ayudaba y me daba ánimo para seguir adelante, pero también respetaba mis decisiones y mis puntos de vista. Su mirada inquisitiva, profunda y clara a la vez, me daba confianza y me convencía de que yo era lo suficientemente fuerte para lograr cualquier cosa que me propusiera, siempre. Así mismo fue cuando me entusiasmé con la oportunidad de estudiar afuera. Conocería otra cultura, otra gente. Tendría la oportunidad de ampliar mis horizontes y abrir mi mente a nuevas ideas; podría terminar de madurar lejos de la familia y tomar las riendas de mi vida. Él sabía que necesitaba hacerlo, y a pesar de que fue duro para los dos, estábamos conscientes de que era por mi propio bien. De nuevo me apoyó, y aunque no fue la última vez que lo hizo, fue la más decisiva de todas. A mi amigo le debo en parte el rumbo que tomó mi vida y por eso le estoy infinitamente agradecida. Él fue lo suficientemente noble y fuerte como para dejarme ir a perseguir mis sueños, quedándose ansioso a la espera de las noticias que le enviara de tan lejos. ¡Cómo lloramos al despedirnos! Nunca olvidaré la expresión de profunda tristeza que había en su rostro, la misma que tantos años después me sigue estrujando el corazón, casi impidiéndome respirar. Sin embargo, tenía que ser así; tenía que irme.

En medio de la inmensa alegría que me causaba regresar, me fui dando cuenta de que algo había cambiado en nuestra relación. Habíamos llegado al punto en que, aunque pasáramos muchos meses sin vernos, sentíamos como si nos hubiéramos encontrado el día anterior. Era la prueba inequívoca de que nuestra amistad no se acabaría nunca, y así siguió siendo siempre. La última vez que lo vi lo besé en la frente y él me bendijo, y yo salí llorando de su habitación rumbo al aeropuerto. Dos meses después tuve que regresar para enterrarlo. Eso fue hace ya más de diez años, y a pesar de que sé que me sigue acompañando, no puedo evitar añorar aquellos días de sueños y realidades. ¡Cuánta falta me haces, Papá! No te vayas; espera una vez más. Quiero seguir soñando contigo para sentirte más cerca. Déjame estar junto a ti...

Loba, eres testigo de que no me he dejado vencer por las circunstancias. He hecho todo lo que he podido para mantenerme íntegra y conservar mi dignidad. En este momento de nuestras vidas tenemos la misma edad; somos madres maduras y, aún a distancia, cuidamos celosamente de nuestras crías. Nos parecemos tanto; no les queremos causar ningún dolor, ninguna pena. Mis hijas están lejos, y tus cachorras con ellas. Se han hecho tan amigas como tú y yo. No las preocuparemos por lo inevitable.

Loba, mira en lo que me he convertido. La mujer que vivía en mí se fue deshilachando lentamente, hebra a hebra, hasta transformarse en un trapo raído, descolorido y deforme. Ya ni me reconozco en el espejo; quien me mira es una extraña que imita mis movimientos en un perverso juego de control. Pero lo que ella no sabe es que a pesar de esta situación precaria, sigo siendo mi propia persona. Aún soy. Soy. Y eso nadie me lo podrá quitar.

En estos últimos meses he pasado por todo lo que un ser humano puede permitirse. La lucha contra la muerte tiene que ser activa. No se trata de ganar o perder terreno, o de cambiar un gobierno por otro; el resultado de cada encuentro es definitivo. Y en algún lugar en el futuro, ella siempre gana la batalla final.

Mientras tanto, puedo estar tranquila de haber hecho todo lo posible por vencer en cada uno de los encuentros, tragándome el orgullo en más de una oportunidad. Prefiero olvidar la tristeza y la rabia; la humillación de saberme atada a la mesa de operaciones; entubada, escudriñada por médicos, técnicos, enfermeros y estudiantes. Prefiero no pensar en la realidad impersonal y fría que rodea a los pacientes terminales como yo, con sondas que entran al cuerpo para drenar excreciones, desechos, fluidos, excremento. Máscaras de oxígeno, mangueras para recoger saliva, luz que viene de inmensos focos, pasando libremente por los tejidos. El ambiente gélido y desinfectado; olores a metal, plásticos, alcohol, medicinas, antisépticos. Las venas pinchadas con agujas para sacar sangre o para proporcionar calmantes, anestesias, venenos. El cuerpo noble, desvestido en una bata de papel que no servirá para más nada después. La humanidad violada en un supuesto intento por salvar al cuerpo. El insulto al ser que debe pasar por toda esa afrenta sin derecho a protestar siquiera. Rayos que perforan la carne y los órganos, ondas que rebotan infinitamente en mis entrañas, iones que emiten radiaciones funestas en todas direcciones, atravesando el cuerpo, la sala, el hospital. La camilla, la sábana de papel, el suero y la bolsa de sangre. Los electrodos, termómetros, sensores y medidores que nunca serán perfectos, y que solo pueden controlar una minúscula parte de los órganos y sus funciones. Los despojos infectados y los desechos radiactivos. El animal domado, ultrajado. Aquel cuerpo subyugado sobre la mesa de operaciones, sin conocimiento, a la deriva y a merced de un grupo de personas que lo ven como si fuese una máquina averiada, o peor aún, un trozo de carne sin voz ni espíritu. Ni se dan cuenta de cómo mancillan el alma. Gente que hace su trabajo de cada día. Personas que conversan y escuchan música mientras agreden la humanidad pinchando, cortando, perforando; mientras sacan la pieza con el desperfecto, succionan, limpian a la vez que se cuentan los últimos chismes del hospital o el capítulo de anoche de la telenovela. Que cosen, observan e intentan dejar el resto nuevamente en su lugar, llenándolo todo de soluciones estériles y calmantes que entumecen el cuerpo y la conciencia. Y luego, si algo sale mal, descargan en un papel cualquier responsabilidad por los errores que cometieran. Todos tienen derecho a equivocarse, aun en este oficio. No se debe tomar como algo personal. Al final, en una soledad inmensa yace el cuerpo casi inerte, conectado a mil máquinas que no lo mantienen con vida, sino más bien en un limbo fantasmal; oscuro y frío. Solo queda esperar.

Compasión, misericordia, piedad. Cada día son más difíciles de encontrar; sobre todo en los hospitales. Los últimos avances en la medicina y la tecnología convierten cada caso en un reto, un desafío para esos profesionales que solo hacen alarde de su pericia y su destreza en las nuevas técnicas y la cirugía, sin pensar que con ello pueden ultimar la esencia del ser humano. La dignidad queda pisoteada en el afán de mantener aferrado a la vida algo que ya no tiene con qué asirse a la soga salvadora. Algo que más bien ve la soga como un elemento caritativo, formando un nudo corredizo que lo liberará para trascender la muerte. Me han lastimado, pero no me dejaré acabar, Loba. Estoy por encima de la vida y la muerte. Soy mucho más que un cuerpo deshecho; soy energía y fuerza. Alma y espíritu. No dejaré que la muerte venga a buscarme; voy a imponerme sobre ella.

Loba, dame el retrato de Raúl. ¡Qué tiempos aquellos! Lástima que no llegaste a conocerlo. Él tampoco quiso preocuparme; prefirió correr con las consecuencias de ocultar su enfermedad y no hacer nada al respecto. Sabía que moriría pronto; descubrió su cáncer demasiado tarde y no quiso luchar contra él. Decidió que la vida siguiera su curso. Raúl era así; digno, noble y fuerte. Un hombre íntegramente natural; naturalmente espiritual. Las niñas lo extrañan tanto; y yo… qué te puedo decir…

Loba, mírame. Eres la única que me comprende. Ayúdame. Desenchufa aquel cable de la pared. Así, así… Muy bien. Gracias, amiga. Y ahora ven, sube una vez más a hacerme compañía…

Abril 1945

Todos los días se levantaba cojeando. Cojeando se alistaba. Cojeando iba calle abajo hasta llegar a su infeliz puesto. No le quedaba más remedio; le tocaba esa función aunque en el fondo la odiara con todas sus fuerzas. Había escapado de la muerte perdiendo medio pie en batalla, y después de recuperarse mediocremente en el hospital militar, lo relegaron a ese trabajo ingrato. Detestaba tener que vigilar a esos hombres iguales a él, que pensaban como él, cuya única culpa fue haberse manifestado en contra del régimen. Les tenía aprecio porque sabía que hacían algo bueno. Compartía con ellos su comida, cigarros y aguardiente. Los mantenía encerrados porque ese era su papel; pero les hablaba y sobre todo, escuchaba lo que le contaban. Se hizo amigo de los detenidos; ellos sabían que podían confiar en él. Tuvo problemas con sus superiores por su trato con ellos. No traicionó a ninguna de las dos partes; escuchaba y callaba. Cuidó a los reclusos durante largo tiempo, hasta el día en que todo cambió. Entonces, los prisioneros salieron y lincharon a quienes los tuvieron encerrados. Uno a uno los mataron sin piedad. Cuando llegó su turno, alguien lo reconoció y lo dejaron ir. Volvió a escabullirse de la muerte ese día. Apurado, cambió sus ropas y cojeando calle arriba, regresó a casa. Más tarde supo que los presos habían acabado con todos. Con todos, menos con el carcelero.

Aprendizaje

Ayúdate, que Dios te ayudará.

"Rezar siempre ayuda. Rezar es la solución para todos los problemas; es el mejor remedio para todos los males. Si estás en apuros, reza", decía mi madre. Era muy santa, mi madre. Y muy sabia. Santa y sabia, sí señor. Mi madre decía que todos los días se aprendía algo. Y tenía razón. Así mismito es. Hoy me tocó aprender esto a mí. Así mismo. Toda la vida fui una persona devota que asistió a la misa diaria de las seis de la mañana. Fui creyente y practicante desde que tenía memoria; así me crió mi madre. Y así crié yo a mis hijos también. Josué mi marido también era religioso. Nos conocíamos desde que éramos unos chamaquitos y pasamos toda la vida juntos. Toda la vida, en verdad. Nunca nos separamos, siempre nos quedamos en este pueblo. Aquí nacieron nuestros cinco hijos, en nuestro pueblo, que era también el pueblo de nuestros padres. De nuestras familias. De nuestros antepasados. En este pueblo; este mismo pueblo pacífico que no huyó del ejército que venía del norte. Nos habían dicho que nos fuéramos, pero no quisimos abandonar nuestros hogares. Ya sabíamos que bajaban, pero la verdad era que ellos no tenían nada que buscar aquí. Como nosotros no habíamos hecho nada malo, no teníamos nada que temer. Así que nos quedamos, rezamos mucho y confiamos en que no vendrían a nuestro pueblo. Seguro se desviarían y pasarían por otro lado. Los pueblos vecinos se iban vaciando, y nosotros orábamos para que no llegaran al nuestro. Pero esta mañana sentimos el olor a pólvora y sudor cayendo pesado como la bruma del norte. Y en medio de la nube fueron apareciendo como una jauría salvaje. Un enjambre armado y loco. Hombres que parecían animales, con las ropas sucias y las caras manchadas, mostrando los dientes en una ira centellante que brotaba diabólicamente de sus ojos enardecidos. Pero sabíamos que eran seres humanos como nosotros. Al verlos, oramos en silencio por sus almas. Eran soldados. Soldados que llegaban y mataban todo lo que se moviera. No preguntaban de qué bando era cada quien. Solo disparaban y quemaban lo que había a su alrededor. Era como si el infierno se hubiera adueñado de la tierra y todos nosotros hubiésemos sido condenados por pecadores. Josué y yo reunimos a nuestra familia para rezar, seguros de que la oración nos salvaría. Su madre, mi padre, mi hermana Matilde y los chamaquitos; todos oramos. Oramos cuando oímos a los soldados acercarse gritando. Seguimos orando mientras el ejército bloqueaba nuestra casa. Rezamos al oler la gasolina que echaban por las paredes. Rezamos con más fervor cuando los soldados le prendieron fuego por las cuatro esquinas y el techo. Rezamos al sentir la temperatura subir y rodearnos, cubriéndonos como una frazada de lana en pleno verano. Oramos a pesar de que nuestras gargantas ardían secas y nuestra vista se nublaba. No dejamos de rezar mientras, tomados de las manos, nos ahogábamos en el humo negro, tosiendo y con los ojos llenos de lágrimas. Rezamos mientras nuestras ropas y nuestra carne se chamuscaban, nuestro cabello derritiéndose como plástico. Oramos más aún. Rezamos con más fuerza que nunca. Uno a uno fuimos cayendo. Seguíamos rezando, humillados ante las llamas enormes y desbocadas que consumían lo poco que teníamos. Nuestras cosas. Nuestro aire. Nuestra vida. Oramos hasta perder el conocimiento. Hasta perderlo todo. Rezamos hasta comprender al fin que, a veces, rezar no sirve de nada.

Amanece

Cada día es más lento el amanecer; lo he venido notando durante las últimas semanas. Al fin amanece. Amanece despacio. Pareciera que al sol le costara cada vez más trabajo imponerse sobre la noche. Amanece en el quinto. No en el cuarto, ni en el sexto. Amanece en el quinto piso del parque de oficinas que desde las lomas del sur vigila a la ciudad en su valle.

El paisaje que veo por mi ventana parecería plácido y hasta idílico, si no fuera porque sé que los intensos ocres y naranjas no tienen nada que ver con el amanecer. Las hebras pajizas en cuatro tonos entran y salen sobre una suerte de rayos en la espesa nube de smog que cuelga sobre la ciudad.

Estiro las piernas. Aprieto fuertemente los dedos de los pies. Bien fuerte, hasta sentirlos de nuevo. Tengo los pies casi dormidos. Los flexiono hacia arriba y hacia abajo, apuntando amenazante el helecho de la esquina. Mis pantorrillas se convirtieron en piedras que buscan inútilmente una salida a través de la piel.

En el pequeño baño de mi oficina me encuentro con la última versión de mi persona. Desgarbado hasta el tuétano; la sombra de la barba compitiendo con el desorden de mis cejas y mi cabello. Mi camisa parece salida de una botella. Me veo mal. Huelo peor. Me refresco la cara con mucha agua fría, intentando borrar de cuajo el trasnocho de mi vida. No es fácil.

Preparo otro café más. Café venezolano. Después de tantos años en este país, aún no me he podido acostumbrar al líquido amarronado y enclenque que aquí llaman "café". Una infusión que más bien parece el agua residual de unos granos tan procesados que ya ni el aroma logran conservar, y que necesita de toda clase de aditivos para mejorar lo que se supone alguna vez debió ser su sabor natural. ¡Tanto trabajo solo para devolverle la apariencia de café! ¡Qué va! Si no es café de Venezuela, prefiero no tomar nada. Bueno, tal vez un té, si la urgencia de cafeína es demasiado grande.

El murmullo frío del aire acondicionado y el olor del café colándose me hacen pensar en aquellos días en la universidad, cuando me quedaba con mis compañeros hasta tarde en las salas de estudio, intentando resolver algún problema de cálculo o una matriz complicada. ¡Qué lejanos están esos tiempos ya! Casi no me puedo identificar con aquel joven activista de la Facultad de Ciencias que participaba en las protestas por la contaminación del Guaire y el exceso de coliformes fecales en el litoral central. Los recuerdos de esa época se destiñeron; se corroyeron como un trapo que sucumbe al polvo y se deshilacha sin que nadie lo toque, tan solo de quedar guardado en una habitación cerrada. Bajo llave dejé mis pertenencias y añoranzas cuando me fui a hacer el doctorado en los Estados Unidos. Seguro de mí mismo, dueño del mundo, me dejé guiar por la ética férrea que heredé de mis padres. Ella me señaló el camino, mientras el ímpetu avasallante de la juventud me puso a andar sobre él, marchando a paso certero y contundente. Pero los años me demostraron que el hierro también se corroe, igual que el trapo aquel de mis recuerdos.

Estoy pegajoso. No soporto mi propio olor. Ya que no me puedo duchar, necesito darme al menos un baño de toallita. ¡Ah, ya me siento mucho mejor! A pesar de que no es la solución perfecta, cumple con el propósito de hacerme ver aseado. De hacerme sentir limpio, aunque en el fondo sepa que no lo estoy realmente. Enterraré cualquier resto de mal olor con bastante desodorante y colonia, como hacen todos. Saco una de las mudas de ropa que tengo en la oficina para casos de emergencia.

La luz que llega a la ciudad aún es demasiado tímida como para distinguir colores. Todo se reduce a tonos pardos y grises. La verdad es que hay muchos edificios grises en la ciudad; demasiados. Más que grises, son casi negros por el hollín pegajoso que se acumula sobre ellos. El hollín de los carros y los autobuses; el hollín de los camiones y las fábricas. Así tendremos también los pulmones, negros de hollín, y no precisamente por el cigarrillo. Yo ni siquiera fumo y me cuesta subir las escaleras a la entrada del edificio. Y eso que solo son 35 escalones. Definitivamente, así no se puede vivir. Bebo un sorbo de ese café del color de mi conciencia y miro hacia otro lado. No me quiero ofuscar, necesito tranquilidad para concentrarme. Busco refugio en el almanaque que cuelga en la pared. Las fotos son espectaculares. La que más me gusta es la de diciembre; un atardecer polar con un enorme iceberg que se desprende de un glaciar en Groenlandia. ¡Qué desgracia! Los glaciares se derriten y no podemos hacer nada al respecto. Es inútil, no tengo escape. Cada cosa, cada sonido, cada olor me llevan al mismo punto, sin importar por cuáles veredas retorcidas tenga que pasar. Es algo irrefrenable. Inevitable. Insalvable.

Ropa fresca, ¡qué alivio! Comienzo a vestirme mientras bebo mi café. Mary Ann y los chicos me saludan desde el escritorio. Todos se abrazan y ríen en aquel paseo al Gran Cañón del Colorado. Eso fue hace tres años. Lo pasamos tan bien; fue uno de nuestros mejores paseos en carpa. Mary Ann es la mejor compañera que hubiera podido desear. Una mujer de todo terreno, que disfruta una excursión en la naturaleza tanto como una cena gourmet en un buen restaurante. Mi mejor amiga. Tenaz y con unos valores indelebles. Aunque nuestro apoyo mutuo siempre ha sido incondicional y eterno, no quisiera defraudarla ahora. La espera me mata; quiero que todo acabe ya.

Poco a poco la oscuridad se desvanece. La luz empieza a ganar terreno. El sol comienza a salir por las montañas del este; lo veo a través de la capa granulada que sigue suspendida a lo largo de todo el valle.

Llevo años jugando este juego en silencio, haciendo únicamente lo que la empresa espera de mí y nada más; sin demasiado entusiasmo ni tampoco un atisbo de pensamiento libre. A pesar del puesto que tengo en la compañía, me he convertido en un testigo presencial del deterioro del planeta, como todos los demás. Solo que yo tengo el privilegio de ver la función desde el mejor ángulo en el palco diplomático. Cada detalle, cada cifra, cada estudio entran en el espacio ciego, sordo y mudo en que se convirtió mi albedrío. Un espacio hueco que sin embargo ocupa un volumen incómodo. La situación ha ido empeorando a un ritmo constante con cada año que pasa. Un poco más contaminado el aire, un poco más caliente el verano, unos cuantos desastres naturales más intensos que el año anterior. A pesar de saber todo eso, muchos de mis colegas insisten en pensar que todo sigue igual. Eso es lo que la compañía sostiene públicamente y los empleados tenemos la obligación tácita de respaldarlo. Jeremy Lowell no lo tomó demasiado en serio y perdió su puesto de quince años después de dar unas declaraciones objetivas que apenas tocaban el tema. Inmediatamente después nos llegó el memorándum, directamente desde arriba: la empresa adoptaba una política de cero tolerancia. Así de simple. La posición oficial va de la mano con la apariencia generalizada de que no hay un cambio significativo en el ambiente. Pareciera que la Tierra tuviera una capacidad de carga infinita. Pareciera. Parece. Sí que lo parece. Pero el último informe confidencial que recibí con datos del calentamiento global es alarmante. Tanto, que si no intervenimos a tiempo, puede cambiar el patrón del clima mundial. Definitivamente no es un juego. Llegamos al límite; la Tierra finalmente se llenó. Pero sé que aún hay esperanzas, si todos colaboramos. La medida más drástica y efectiva sería detener por completo el uso de la gasolina y el carbón que producen los gases invernadero. Claro que eso es imposible. Lo que sí se puede hacer es sustituirlos por el gas natural, que es una fuente de energía más limpia y produce una cantidad mucho menor de CO_2 y partículas. Más adelante se podría cambiar el parque automotor por vehículos a hidrógeno, un combustible renovable que no produce casi ningún desecho. También está la propuesta de los vehículos eléctricos, que fue boicoteada y engavetada hace años por las presiones de las compañías petroleras, iguales a esta en la que dirijo el departamento de geología, exploración y mediciones. ¿Qué habrá sido de la vida de Lowell? ¿Tendrá trabajo? Su puesto lo ocupó alguien que conoce de memoria las reglas del juego y se atiene tercamente a ellas. Siento un vacío que me sube desde la boca del estómago al recordar a Lowell y saber que soy lo suficientemente cobarde como para guardarme mi opinión de experto en la materia. Es duro ser honesto cuando se tiene una familia que depende de uno.

Como en las demás corporaciones, sobre todas las cosas, lo más importante es que la compañía produzca ganancias a los accionistas. Ellos son los dueños; pagaron su parte y esperan una retribución positiva para sus bolsillos. Todos los directores de departamentos tenemos acciones en la empresa. A nosotros también nos conviene que la compañía genere ganancias. Por ley, la empresa tiene el deber de producir beneficios mayores cada año. Eso en sí no tiene nada de malo. Pero cuando otras personas resultan afectadas por sus actividades, debería haber un freno. Un freno legal preventivo. Al menos un freno moral, que sea consecuencia del respeto al prójimo. Solo que las corporaciones no funcionan de esa manera; son creadas para generar beneficios a cualquier costo. No existe freno legal alguno, y como las corporaciones son amorales, pueden seguir adelante con sus operaciones de la manera en que se establecieron originalmente. Las corporaciones no se hacen responsables de los estragos que puedan causar, a menos que alguien busque remedio a algún daño específico cuando el mal ya está hecho. Son una especie de monstruo invencible que existe independientemente de sus miembros, sin que ellos respondan por los actos del engendro. A veces esos mismos miembros incluso aparentan una cierta preocupación, pero en realidad no toman carta en ningún asunto. ¡Cómo me asquea todo eso! La directiva y la junta de accionistas están formadas por personas de carne y hueso que presuntamente tienen moral, o que al menos deberían tener cierta ética. Bueno, eso es lo que pretenden aparentar. Ellos sí tienen poder de decisión. Justamente por eso no termino de entender cómo estas personas permiten que su compañía haga lo que le plazca, sin mostrar el más mínimo respeto hacia el resto de la humanidad. Más aún, hacia el resto del mundo, con todos los seres animados e inanimados; ahora más bien desanimados.

Cepillo mis dientes minuciosamente. Deben quedar impecables, igual que el aliento. Me afeito con la misma rasuradora eléctrica que me regaló el antecesor en este puesto cuando se retiró hace diez años. Ya me veo mejor; la cara más limpia, despejada. Mojo un poco mi cabeza para doblegar el pelo salvaje que se resiste al peine con todas sus fuerzas. Quizás sea el último vestigio de rebeldía que me quede, pero hoy lo debo domar. Está difícil; intentaré con gel.

Mi familia me sigue mirando mientras yo esquivo el brillo de sus ojos, intentando fijar la vista en aquel puente de hierro sobre el río que parte la ciudad en dos. Finalmente la luz logró convertir su silueta plana en una estructura tridimensional. Me resulta inevitable pensar en las dos grandes inundaciones de este año. Fue impactante ver el puentecito desaparecer de pronto, ahogado en un torrente de escombros que casi se lo lleva a él también. Las pérdidas fueron enormes; muy pocos estaban asegurados contra desastres naturales. Estas inundaciones se están volviendo frecuentes en todo el mundo; otra consecuencia del cambio climático. El clima fustiga de la peor manera a los que menos tienen, mientras los demás, como yo, como los directivos y los accionistas de esta empresa, muchas veces ni nos enteramos de las consecuencias de nuestros actos. O más bien de nuestra indolencia. No es nada alentador admitirlo; mucho menos seguir adelante sabiéndome parte del problema y no de la solución. Sin embargo, me he vuelto un experto en aparentar que hago algo positivo. Yo mismo me lo creí durante años.

El Tratado de Kyoto comenzó así: tratando. Australia y los Estados Unidos se negaron a ratificarlo. Estados Unidos dijo claramente que no lo firmaba por el bien de la competitividad de sus empresas. De empresas como esta, para la cual yo trabajo, y que tienen una junta de directores y otra de accionistas, formadas por individuos supuestamente pensantes. Empresas que parecen serias. ¿Será que todas estas personas ignoran lo que pasa? ¿O será más bien que quieren ignorarlo? ¿Será que de verdad creen la versión tergiversada que la compañía respalda institucionalmente, de que el cambio climático es solo una oscilación natural de la temperatura de la Tierra? ¿O será más bien que prefieren creerlo para poder acostarse tranquilos cada noche y dormir plácidamente hasta el día siguiente? ¿Será que piensan que la Tierra seguirá aguantando todo lo que le hagamos? ¿Que nada cambia, que todo sigue igual y seguirá igual por siempre? ¿O será más bien que no les importa lo que pase, porque al fin y al cabo ya ellos vivieron más de la mitad de sus vidas y están asegurados por el tiempo que les queda? ¿Será que no están dispuestos a renunciar a su propio beneficio por el bien de todos los demás, incluyendo sus familias? ¿O será que no les importa dejarles un mundo inhabitable a sus hijos y nietos? Creo que nunca lo sabré. O tal vez me dé miedo saberlo. Tal vez solo soy igual a ellos y no quiero admitirlo.

Me pongo la camisa. Me queda muy holgada, igual que otras piezas de ropa. Desde hace un tiempo he venido rebajando sin hacer dieta. Pero no hay problema; la chaqueta lo disimulará perfectamente. Me anudo la corbata y entro en mis zapatos.

Como en todas las corporaciones, el funcionamiento de esta compañía se basa en las apariencias. La apariencia de que las ganancias siguen aumentando. La apariencia de que todo funciona bien. La apariencia de que es una compañía responsable. La apariencia de que los accionistas se preocupan por el ambiente. La apariencia de que el mundo es un reservorio infinito y que puede resistir los insultos ambientales eternamente. La apariencia de que todo sigue igual. Pero las apariencias engañan.

¡Basta ya! No puedo más. Mi alma llegó a su límite. Por primera vez en mucho tiempo, haré lo que debo hacer. Invocaré a Roberto Martínez, el impetuoso estudiante de geología de la Universidad de Caracas para que sacuda al Dr. Martínez, el experto graduado de Yale que trabaja desde hace casi veinte años en la petrolera más grande de los Estados Unidos. Los tres juntos nos enfrentaremos a la ignorancia en la que conceptualmente se sume la compañía. El problema es tangible y urgente; es imposible darle más largas.

Al fin terminó de salir el sol. Se ve más grande y brillante que nunca, alzado sobre la calina polvorienta y concentrada que flota terca sobre los edificios. La cita con los directivos y la junta de accionistas es a las 8:00. Todo está listo en la sala de reuniones. Las pruebas son contundentes. La presentación que preparé también lo es. Ya no habrá más excusas. No más ignorancia. No más hipocresía. No más noches en vela, al menos para mí. Se acabó. Es mi responsabilidad asegurarme de que el mensaje llegue adonde tiene que llegar, y así lo haré. Es mi oportunidad de devolverle fuerza a la luz para que venza a la oscuridad.

Acabo mi café. Respiro y vuelvo a cepillarme los dientes. Unas gárgaras con solución para el aliento y quedo prístino de nuevo. Me peino una vez más. ¡Listo! Ahora la chaqueta del traje. No puedo causar la impresión equivocada. Al fin y al cabo, la gente cree en las apariencias.

Perversión

Pamela Polanco Peña pensaba poder paliar penas pariendo patria, pero poderosos políticos presionaron para promover problemas perennes, poniendo puntos por pruebas, palizas por premios, pánico por protección, pecados por paraíso, pérdidas por pertenencias, persecuciones por paciencia, piedras por prados, pistolas por pan, prostitución por pudor, polución por pureza, pobreza por perdón, pérdidas por provecho, palos por palabras, prisión por paisajes, prepotencia por pluralidad, piltrafas por pinturas, pillaje por pueblos, partición por puentes, puertas por protección, persecución por perseverancia, puños por pensamientos, presos por presencia, pisadas por pundonor; penumbrosa providencia para pobre país potentado pagando pues, pletóricamente, precio poco propicio para permitir producción, progreso, prosperidad, plenitud, paz.

saga

Samuel Sánchez se secaba seguro, satisfecho. Sentía su sudor salado salpicado sobre sienes, surcos, sotabarba. Sereno, Samuel sabía ser soez si su semblante se sofocaba sufriendo. Súbitamente se soltaba su sueño, solo, sosegándolo suavemente. Samuel soñaba solamente si sucumbía selectivamente Sandra, su sabia sierva sordomuda. Sentada solemne sobre su sábana, Sandra seleccionaba su secreta serie sensual sin saber sumarla siquiera; solo se sabía señora sacerdotisa sacrificando su sacramento sacrílego saciado sádicamente. Seguido, Samuel, Sandra, saldrían saltando solos, sacudidos, subiendo sus salarios sumamente someros sin ser sobrinos, socios, simpáticos satélites. Sus seguidores, sarnosas sabandijas sabatinas, serían seleccionados sufridores sabihondos, saboteadores, secuestrados secretamente. Siempre saludable, saboreando salitre, sangre, saliva, Sergio, sublime sabandija suprema, sorbía sus secreciones silenciosamente sin sajar salero, salteando salmuera salubre sobre sus señores seniles. Sergio saludó. Samuel, Sandra se sorprendieron saqueados, salvajemente salvados sin ser santos. Secretamente separados sintieron sarcasmo sin sátira, sartén sin satinar, sauna sin savia, sol sin sequedad. "Solo son sectas secretas, sin seguidores seculares" sospecharon, siguiendo siempre serios, sencillos: Sandra sirviendo, Samuel sembrando sorgo, setas, semillas; sincronizando sublimes sonetos sencillos. Señalados, sentenciados, seducidos, sentían sobremanera severidad sesgada sañosa, siamesa, sicópata. Sidra, siesta, sidra, sidra, sidra, siesta, sidra... Sergio signaba su suerte simbólicamente subiendo sillas, sillones, sofás. Sigiloso, simpático, seguía sonriendo solo, sin saber sopesar sicológicamente siquiera su setentona sequedad servil. Simultáneamente, Sandra, Samuel,

Sergio silbaban serenatas sin sílabas, sin sonidos, silentes; signos simples, simpares, simétricos, simulando sigilosos secretos sofocantes. Seguido, sobresaltados, soportaron solícitos, sonrientes, sin sonrojarse, su solitaria solución, surgida súbitamente sin sospechar sordidez subconsciente. Subdesarrollo sublevado, sustentado, subyugado, subvencionado; solamente Sergio seguía siendo subordinado, sumiso, suplicante, solo sin saberlo. Súbitamente, Samuel suplantó solidario su sollozante soplón sin someterlo, simulando simpatía simultáneamente. Sergio, sugestionado, suicidose suplicante, supersticioso, sobreviviendo sin suplicio. Suspiró, susurró sutilezas surtidas supurando suspicacias; Sergio se sumió sucio, sin su sotana sobre Samuel, sepultándolo seguro sin sol, sin sufrimiento, soportando su somier sobre su sesera sangrante, suave, supina, soterrada, señalando salidas selladas. Superada, Sandra sabía ser suficientemente sentimental sin Samuel, su sesudo señor. Secretamente siguió sazonando sañuda su suculenta sopa sedante, sulfúrica, sublimada, séptica, sin saberlo Sergio. Sirvió serena semejante sustancia sintética, sinérgica, sobreentendiendo segura su sentencia súbita si Sergio se salvaba seguido. Seis soles surgieron sobre Sergio, segmentando su sistema, seccionándolo, segándolo saturninamente. Sandra, silenciosa, simbolizó soberbio sinsabor social: sucio, soñoliento, solapado, sordo. Siete siglos subsiguientes, seguidos, Sandra, setentona, sigue siendo suave sirvienta sosa, supersticiosa, sospechosa...

La cita

Ahora ya no había excusa. El bien portado licenciado había dado el primer paso en la secuencia que ella conocía desde que era casi una niña. La conocía tan bien, que se consideraba la inventora, la dueña de la secuencia. Una y otra vez se repetían las mismas acciones, el mismo manoseo, el magreo. Los mismos gruñidos, los suspiros, los gemidos. Para ella no era nada nuevo. Lo único nuevo fue la gran desilusión que sufrió al darse cuenta de que tan solo se trataba de un cliente más.

Devenir

¡Darío, donjuán del diablo, distingue diminuta Daniela dormida dentro del dormitorio! Declárale devoción, devaneo divino, directo. Desvívete, dondiego dilecto, derrítela dondequiera; damisela digna, decente. Dadivoso, dale deferencia, decoro, dinero; dale dotes de dinastía dominadora: diademas, diamantes, dijes damasquinos. Doncella durmiente, descansa divina, deleitándote dulcemente. "Duerme duquesa Daniela; duerme, duerme", dice Darío determinado. Delatado, detrás de Daniela, desperezado, despierto, Darío dividía dádivas dentro del duro derredor demolido. Desdentado, decaído, desamparado, divisaba desapasionado dólares desgastados, desdeñados del doctor, del dibujante, del doméstico. Después, drástica, Daniela dijo: "¡Darío, dame dinero deprisa, debo disfrazarme de deambulante!". Disgustado, dudando, Darío dobló divisas dosificadas, disimulando. "Daniela, ¿dónde dejaste de dormitar descansada?" dijo Darío, desesperanzado, deprimido. Desilusionado, designó diezmos defectuosos del dentista del día donde, desheredada, digna Daniela dudó desmayarse del dolor: "Daniela, dueña diestra, date dos dólares de duraznos, de dátiles dulces durante dantesca danza" dijo Darío debidamente. Débil, Daniela debutó delante de dormitorios desolados, decadentes, damnificados. Danzaba decidida, decolorada, decretada dominadora dedicada de demonios dependientes, denunciados... deplorables. Desquitada, desnutrida, Daniela divertía desatadamente doñas, dones desmoralizados, desmerecidos, desobedientes, destruidos, destapando dineros desusados, detallándolos... desfalcándolos. Darío, dondiego desvergonzado, deteriorado, desviado, desquiciado, droga duramente diez diosas Danielas, Dianas, Doroteas, detenidas dentro de drenajes donde duendes dudan de dosificar donaciones. ¡Dales domicilio, Darío! ¡Dales domingo, dales desahogo, desgraciado Don de dolor doblegante! ¡Dales dignidad, doctor distorsionado, displicente, degenerado, disociado! ¡Déjalas divertirse deportivamente! "¡Disparates!" dice Darío desdeñoso; "¡Diez damas Danielas, Dianas, Doroteas deben disciplina discreta, desnudándose desde despachos desordenados! ¡Deténganlas, desfachatadas desobedientes del deseo!". Darío, Darío, dime dónde desapareces descubriendo doñas desesperadas, desairadas, debilitadas, decepcionadas, desafortunadas; damas dolientes dormidas despeinadas, desperdiciadas, desposeídas, desahuciadas…

Aventura en Caracas

Por Tile Schaefer
Traducción de Patricia Schaefer Röder

Su rostro tenía aquel tono pardusco que muchas veces adquiere la piel de los europeos después de una larga estadía en el trópico, cuando no se vuelve colorada debido al elevado consumo de oporto y whisky. Con su pequeña estatura, cabello escaso y lentes de montura dorada y gran aumento, a través de los cuales pestañeaban dos ojos grises, lucía como cualquier otro. Parecía un pequeño contador o comerciante.

—¿Conoce usted Caracas? —preguntó—. Yo vivo aquí desde hace casi cuarenta años. En aquel momento, durante la gran quiebra bancaria en Alemania, usted sabe, al comienzo de la crisis, junté todos mis ahorros y vine aquí a probar suerte.

>>Hoy en día se encuentra aquí, junto a la practicidad gerencial y la objetividad del sentido comercial, no solo la exquisita educación y cultura de los Amos del Valle, sino que de vez en cuando se topa uno con el don de la contemplación intuitiva, el contacto con lo sobrenatural; aquella relación con la naturaleza que yace adormecida bajo la superficie de una raza resultante de la mezcla de indios, negros y blancos.

El pequeño hombre bebió un sorbo de vino, carraspeó ligeramente y prosiguió:

—Debo decirle que soy agente de seguros. No tengo una gran oficina, no, no, solo una empleada que contesta el teléfono y se encarga del papeleo, pero soy independiente.

>>Hace un par de meses encontré una tarde, al regresar de las visitas a mis clientes, una nota de ella donde decía que pasara ese mismo día por una casa en la Avenida El Bosque, en la urbanización La Florida, en relación con un seguro.

>>Después de comer un bocadillo tomé mi maletín con los documentos y me dirigí hacia la puerta. Aunque todavía era de tarde, ya estaba

totalmente oscuro, ya que aquí el crepúsculo pasa muy rápido. A pesar de que estaba bastante caliente y húmedo decidí ir a pie.

>>Pronto comenzó a caer una fina llovizna. Aceleré el paso y finalmente me encontré algo jadeante frente a la casa indicada. Sin problema alguno llegué a la puerta, flanqueada por dos enormes agaves y mal alumbrada por un farol de opaca y escasa luz. Toqué el timbre y de lejos me respondió un tono quedo que se apagó rápidamente. Entonces se abrió chirriante la puerta de madera y hierro, y entré.

>>Un anciano negro de cabellos blancos vestido como sirviente me dejó entrar. Mencioné mi nombre y le dije que me esperaban. Él me pidió tomar asiento y esperar un momento mientras anunciaba mi llegada al señor de la casa.

>>Poco a poco se fue atenuando la luz de la gran lámpara de araña que colgaba del techo de vigas, ¿o tal vez solo me lo pareció? El cansancio se apoderó de mí. Sentado en el sillón, justo cuando se me cerraban los ojos, vi por las ventanas cómo empezaban a caer rayos a la vez que retumbaban fuertes truenos. Entonces comenzó a caer uno de esos aguaceros tropicales que convierten instantáneamente cualquier paisaje en un lago. La lluvia golpeaba el techo de la casa de tal manera que la hacía temblar.

>>Al fin se arrastraron unos pasos, y desde el pasillo del fondo se me acercó un señor de tez morena con un traje impecablemente blanco. Imagínese usted, curiosamente olvidé sus facciones por completo. Solamente sus ojos, de un amarillo verdoso y con una rara expresión inanimada, son lo único que puedo recordar. Eso y su aspecto distinguido, con un toque de resignación y fatiga.

>>Me apresuré a presentarme y exponer el motivo de mi visita. Se mantuvo quieto durante un momento y luego movió la cabeza de un lado al otro, lentamente, penetrándome con la mirada. Así estuvimos parados, uno frente al otro, no sé por cuánto tiempo. Entonces, con un movimiento repentino, volvió la mitad derecha de su rostro hacia mí y dijo: "Se equivoca señor, hoy hace cuarenta años me quité la vida". Y vi cómo de un pequeño orificio dentado y rojiazul en su sien bajaba lentamente un delgado hilo de sangre.

>>En ese momento un rayo especialmente intenso iluminó la sala deslumbrándolo todo, y junto con el ensordecedor trueno que le siguió perdí el conocimiento.

>>Desperté al sentir que la humedad cubría mi rostro. Me incorporé aturdido. Estaba tendido en la calle, junto al viejo muro del jardín. Las hojas del enorme árbol de caucho, sacudidas por el viento, me echaban sus gotas en la cara. Había dejado de llover y una delgada medialuna me miraba parpadeando maliciosamente. No sé cómo llegué allí. Mi maletín ya no estaba, debí haberlo perdido. A duras penas me levanté y me fui tambaleando a casa.

—¿Qué me dice usted al respecto? —continuó—. ¿Alucinación? ¿Sueño? Puede ser, ¿quién sabe? Por lo demás le aseguro que nunca antes en mi vida me había pasado algo parecido. Pero escuche el final de la historia: por supuesto que pesqué un buen resfriado, incluso estuve en cama por dos días. Pero el incidente me robó la tranquilidad.

>>Lo primero que hice cuando regresé a la oficina fue preguntarle a la secretaria por aquella llamada telefónica. Resultó ser que la señorita se equivocó al anotar la dirección. En realidad se trataba de una calle del mismo nombre en otra urbanización de Caracas. El señor también había vuelto a llamar. ¿Así que todo no fue sino una coincidencia? Se imaginará que esa explicación no me satisfizo de ninguna manera y que aquel asunto no me dejaba en paz.

>>El jardín yacía quieto bajo el sol resplandeciente, no había ni una brisita que moviera la gran palmera, solo un par de iguanas se trepaban lentamente por las ramas del árbol de caucho. Sacudí el portón; estaba cerrado. Desconcertado, observé la casa que parecía mirarme de manera sombría y amenazante.

>>Me di la vuelta y caminé hacia la casa de al lado, una pequeña quinta pintada de amarillo y sin patio delantero. Una anciana criolla con ropa dominguera estaba sentada en la terraza del frente, leyendo el diario mientras fumaba un tabaco. Me acerqué saludándola de manera cortés y le pregunté si sus vecinos habrían salido, porque el portón estaba cerrado. "Señor —respondió la vieja, mirándome fijamente y con desconfianza— debe estar equivocado, esa casa lleva muchos años vacía. Pero si está interesado en alquilarla, sepa que yo tengo la llave y se la puedo mostrar". Le respondí afirmativamente, ella buscó un llavero y nos dirigimos hacia la calle mientras me contaba que nadie quería alquilar ni comprar esa casa, porque se decía que allí había espíritus, ánimas.

>>Entramos por el portón hacia la casa, caminando por el sendero de baldosas. Con algo de esfuerzo le dio vuelta a la llave en el cerrojo pesado y oxidado. Pasamos. Sí, esa era la antesala que ya yo conocía, ¡pero estaba vacía! Aquí desde luego que no había vivido nadie desde hacía años. Los alféizares de las ventanas estaban cubiertos de una gruesa capa de polvo y un vidrio roto parecía servirle de entrada al escondrijo a algunas mariposas nocturnas

enormes que estaban pegadas al techo. Telarañas en las esquinas, por todo el suelo había pedazos de papel y los restos de una caja rota.

>>La vieja criolla me miró sin comprender. Negando con la cabeza me di vuelta para irme. Cuando tomé el pomo de la puerta, mi vista cayó hacia la parte trasera de la entrada. ¡Allí estaba mi maletín negro!

El pequeño hombre bebió un sorbo de su vaso, apagó su cigarrillo y me dijo:

—Y ahora señor, le pregunto: ¿qué opina usted de todo esto?

La cena

Hola vieja, mira lo que te traje. Está bonito, ¿no?

—Ajá.

—Perdóname por lo de ayer. Ya sabes que me descontrola cuando llego a la casa y la comida no está lista.

—Ajá.

—Tu ojo ya se ve mucho mejor.

—Ajá.

—Bueno, sírveme la cena, pues. Al menos hoy sí la tienes preparada. Muy bien. Por eso te tengo que mantener en cintura. Si no lo hago, te volverías una salvaje.

—Ajá.

—Tú sabes que es por tu bien. Siempre fuiste una perezosa. Menos mal que me tienes a mí, que te vuelvo a poner en tu sitio para que aprendas.

—Ajá.

—¡A esto le falta sal! ¡Pero bueno, mujer! ¿Qué es lo que te pasa, que ni sabes ponerle suficiente sal a una comida? ¡Qué ineptitud, francamente!¡Pásame la sal, se la pondré yo!

—Ajá.

—¿Qué le pusiste a estos frijoles que saben amargos? Otra vez arruinaste la sazón, vieja. pero bueno, me los comeré; no me queda más remedio.

—Ajá.

—¿Y qué hiciste en todo el día? Seguro que viste todas las novelas de la tarde, ¿no? ¡Qué vagancia! ¿Al menos limpiaste la casa y lavaste la ropa?

—Ajá.

—Pudiste haberte puesto otra ropa para recibirme, ¿no crees? Yo estuve trabajando todo el día como un buey, y cuando regreso a mi casa quiero ver a mi mujer arreglada. ¿Entendiste?

—Ajá.

—Intenta arreglarte, aunque tú no tienes mucho arreglo que se diga. ¿Te has visto al espejo últimamente? Estás gorda, arrugada y llena de várices.

—Ajá.

—Bueno, pero no me queda otra. Nunca serviste para nada más sino para abrir las piernas y luego parir niños.

—Ajá.

—Por cierto vieja, hoy te toca. Así que ya sabes.

—Ajá.

—Mira que luego no quiero excusas.

—Ajá.

—Eso de que te duele la cabeza o que no tienes ganas hoy no lo vas a poder usar conmigo.

—Ajá.

—Me voy a la cama y te espero, ¿entendiste? Y no te tardes, que de pronto me está entrando el sueño.

—Ajá.

—Recoge la cocina y me alcanzas. Y apúrate, ¿oíste? Mira que estoy cansado y mañana tengo que levantarme temprano para trabajar.

—Ajá.

—¡Vieja, ¿ya terminaste?! ¡Apúrate, que te voy a dar lo tuyo! ¡No me dejes esperando en la oscuridad! ¡Ven ya!

—Ajá.

—¿Pero qué es lo que pasa contigo? ¡Estás más lenta que nunca! ¡Termina de venir ya, que cada vez tengo más sueño…!

—Ajá.

—¡Pero cómo te tardas, mujer! ¿Qué tanto haces? ¡Ya casi me quedo dormido!

—Ajá.

—¡Al fin llegaste! ¿No pudiste tardarte más? ¡Espero que al menos la cocina esté limpia!

—Ajá.

—¿Acaso te vas a quedar en la puerta toda la noche? ¡Que vengas ya, te dije!

—Ajá.

—Qué sueño tengo… ¿Qué traes en la mano? ¡Acércate, que no veo bien!

—Ajá.

—¡Oye, tampoco tienes que correr! ¿Pero… qué es eso? ¡¿Un cuchillo…?!

—Ajá.

Fue bueno

Todos sabían, pero nadie dijo nada. Manuela se acercó a la multitud y la gente la saludó como siempre. Eso sí, ella notó que algunas mujeres la miraban con algo de recelo, o con rabia tal vez. Pero ella estaba acostumbrada y no le daba importancia. Los hombres la comenzaron a ver diferente desde ese día. Le decían frases seductoras y le hacían comentarios subidos de tono. A ella le encantaba el nuevo orden de las cosas; le gustaba que los hombres la desearan y no le molestaba que las mujeres la envidiaran. Lo más importante era hacer lo que le gustara y no otra cosa. Nadie le impondría nada más nunca. Finalmente era dueña de su destino. Libre y dueña de sí misma; ella en su totalidad. La alegría la embriagaba y no podía dejar de sonreír. Era feliz. Feliz. Feliz. Ya no dependía de nadie; nadie la amarraría más. Se habían roto las cadenas. De ahora en adelante viviría su vida como ella quisiera. Ella por siempre y para siempre. Siempre queriendo lo bueno. Siempre lo bueno. Lo bueno. Fue bueno que sucediera aquello que todos supieron pero que callaron forzosamente. Fue bueno que más nunca nadie hablara de eso. Fue bueno que ella estuviera en la tienda del gallego cuando su cuñada llamó a la policía. Fue bueno que el oficial se hiciera de la vista gorda al encontrar el cuerpo de Efraín en el sofá con la boca llena de espuma. Fue bueno que ella tirara el resto de las habichuelas por el inodoro. Fue bueno que Efraín se quemara en la hoguera del infierno. Fue bueno que ella tomara la decisión. Fue bueno que la llevara a cabo. Fue bueno que lo lograra. Fue bueno que todos la apoyaran. Fue bueno que Manuela ya no se llamara Manuel. Fue bueno que nadie dijera nada.

Tambaleo

Tonto Tino, tú temblabas temiendo tamaña tentación. Tantos trucos, tantas trampas… tantos ternos, telas, trapos, tocados, tacones… tantas tonalidades tradicionales, tanto temperamento, tanto… Tranquilo tigre, tienes treinta trajes tricolores tenues tiznados, tostados, teñidos transgresoramente. ¡Traición torpemente tapada! Trifulca tajante. Tronan trompadas templarias: ¡ten! ¡ten! ¡ten! Truenan trabucos, toneles, troncos, tablas, tenazas, tubos, tornillos taladrando tu tupé, tonsura, tus terminaciones táctiles, tejidos, tuétano, tríceps, talonazos torturando tu tórax, tegumento, tráquea, tarso; todo tú, tendido, torcido, traspasado terriblemente, tullido, talado. Tienes terror, turbación tremenda, taquicardia. Tenebroso túnel tártaro. Tez tatuada tímidamente, tajada, tachonada, traumada, tronchada. ¡Toma, taumaturgo testarudo, tu tardío tratamiento: tabasco triturado! ¡Trata tu tercer talco tapador, terapéutico! Temprano, tozudo, tenaz, templado, tenías, Tino, tremendo trabajo. Traficante, tragón tradicionalmente trabado, transformaste tus trazos tras traer tiaras tiernas, tersas, titilantes. Tino, temerario Tino… también te tiraste trámites teóricos, tiesos, tóxicos, tomando tabletas, tequila, tabaco, tamales, tamarindo, té tibio, tarta, turrón. Traduciendo, trataste tres tangentes técnicas: Tino, Tina, Tino; taimada taumaturgia total. Torpedo tormentoso tornado turbina; ¡tu turno! Trae tus tules, toquillas, toreras, taleguillas, terciopelos, togas, túnicas traslúcidas, talares, telas típicas, talladas, tajantes, transparentes, tibias, telarañas testimoniales. Títere tolerante, talentosa, taciturna Tina; talle trenzado, totémico, tramaste tercamente tu teatro. Triste táctica tu temática trastornada, toda tornasolada, turquesa, turquí, torbellino tambaleante, turbado. Taconeando trémula, tarareabas tonadas tanteando tamborileante tropel tras ti, tratando traerlos tangiblemente. Triquiñuelas triviales, transparentes, tenías trece trofeos; triunfos tacaños, tontos. ¡Tarda trastornada, tarambana tímida! Trescientas tropas, tenientes, trescientos trancazos; Tina tríbada transigente, transitada, transfigurada, temerosa. Tono tardío, telón; todo terminó. Tamaño tabú, talión, talismán. Tina tornose Tino... Tina... Tino... Tina... tanto tiempo, tan tontos... Tonta tú, tonta Tina; tramposo trance torpe, tonto tierno, tímido, triste, tonto, tonto Tino.

Ella, él

Él estaba en el estacionamiento; egregio, elegante, expresivo. Entre emociones encontradas esperaba el efímero entreacto. Ella entraría escondida, envuelta en encajes encolados en ese elongado embrollo extravagante, esencial. Educada, endulzaría entretanto el espacio embebido en excesivos episodios empañados, ejecutando el ejercicio erótico eficaz en el ecuador elástico, eléctrico, elemental. Entonces, embriagada, espontánea, extremadamente emancipada, extraería espaciada el elíxir emergente entre ecos en enardecidas exclamaciones extenuadas, elípticas. Era ella existencial en extremo: ecuánime, exacta, ética, ejemplar; empero exhibía espectacular ego en elaborar el eje en edema edificado, eclipsando enteramente el enarbolado estandarte eclesiástico. Él, edecán enaltecido, enamorado, enrojecido, echaría el efluvio en efusivo estruendo, ensimismado en ella, ejemplo exaltado ebullendo ebrio en el exilio enmascarado. Entretenidos, extrañarían el edredón efectivo, enmarañado en el estanco estimulantemente enfriado. Eran ellos esculturas entrelazadas elaboradas en ébano encendido, elegido entre elementos excepcionales, eclécticos, ecológicamente esenciales. Ella, él, en edad exquisita, erizados, excitados, enamorados. Enajenados en espectacular elevación, eliminaron egoísmos en ese evento especial estrenándose, entregándose, estirándose, estremeciéndose, estrechándose, estrellándose efusivamente en estrepitoso estampido; empachados, entremezclados eternamente. Ellos eran especialistas en esa empresa extasiante, enloquecedora, envolvente, enviciante; esperaban empepinadamente encontrar el enésimo estimulante encubierto en el enquistado entendimiento, entrecortando exhalaciones envejecidas, esquiladas, entristecidas, engrandeciendo ese éter espiritual evidenciado en el estallante existir. Entonces entrarían, expertos ejercitados, en el eterno edén.

Día de playa

Ese fue el día más importante de aquel verano; el día que aprendí que una cosa es atreverse a tomar una decisión y otra muy distinta es lograr llevarla a cabo.

Soy una mujer apasionada mas no efusiva, que nunca superó la barrera del contacto físico. O mejor dicho, de la falta de contacto físico. Para mí, el tacto era una clase de comunicación secreta, circunstancial, en un lenguaje tímido e íntimo que sucedía solo en raras ocasiones y en condiciones fortuitas. Siempre había sido de esa forma y funcionaba; así que ¿por qué cambiarlo?

Tal vez tenía que ver con la época del año, o con la fase lunar, o quizá con el día de mi mes; pero algo me decía que había llegado el momento. Era un hermoso día de marzo, perfecto para disfrutar al aire libre. Mi amigo Eric y yo teníamos planeado ir a la playa. La mañana estaba fresca y la luz del sol inundaba la ciudad. Tomamos nuestros bolsos y nos dirigimos al carro. Pusimos música, nos relajamos y salimos del estacionamiento. Teníamos que parar a comprar el periódico, lo que hicimos en el primer quiosco que encontramos. En el camino hacia el litoral pasamos también por una panadería para desayunar y comprar algo de comer y beber al mediodía.

El trayecto fue muy agradable; conversamos y disfrutamos el paisaje montañoso e intensamente verde que hay que atravesar para llegar al mar. Ya no faltaba mucho para la playa. Tal vez unos quince minutos, pero no más. Dentro del carro charlábamos escuchando la selección de baladas y música bailable que había escogido especialmente para ese día. Pasamos los diferentes pueblos que están a lo largo de la costa camino a la playa. Miraba el trayecto, tan conocido como la palma de mi mano. Veía las calles por donde había pasado miles de veces en el transcurso de mi vida, y que no me cansaba de ver. Podía percibir cada cambio que ocurría, por minúsculo que fuese. Las fachadas de las casas, los edificios, las tiendas; todo estaba archivado en mi memoria. Los recuerdos son tan contundentes que me parece vivirlo todo de nuevo.

Llegando nos pusimos los trajes de baño y nos sentamos bajo una sombrilla de hojas de palma, mirando al mar. Seguimos conversando animadamente. Eric me contaba sobre sus excursiones con el grupo de montañismo, y yo escuchaba atenta y le preguntaba los pormenores. En cierto momento me di cuenta de que estaba detallando sus facciones. Tenía la cara algo ovalada y suave, sin ningún ángulo demasiado cerrado ni ninguna línea demasiado dura. Su expresión era la de un hombre sereno y seguro de sí mismo, atributos que me atraen irremediablemente. Sus rizos profundamente oscuros contrastaban con el color de la piel y sus ojos parecían dos azabaches vueltos pupila pura; todo acompañado de una sonrisa perfecta. Perfecta… Perfecta era la manera en que Eric se ajustaba al canon de belleza masculina que yo había venido definiendo desde la adolescencia. Perfectos eran su cuerpo, sus brazos, sus piernas, su cuello y su cabeza. Perfecto era el color de sus ojos y su cabello, y la textura de ambos. Perfecto era el envase y también su contenido. Eric seguía relatando sus aventuras con la soga y los ganchos. A ratos solo veía sus labios moverse al hablar y mi mente se alejaba rumbo a unos parajes recónditos de los cuales solo yo sabía su existencia. Llevábamos mucho tiempo conociéndonos, éramos buenos amigos. Ambos llegamos a compartir salidas con el otro y su pareja, y nos habíamos contado nuestros problemas a lo largo de infinidad de tazas de té. Pero ese día, mi amigo y yo estábamos sentados juntos, charlando sobre cualquier cosa en un maravilloso escenario de playa. "Mi amigo Eric y yo"; intentaba repetir en mi mente para no olvidarlo.

Definitivamente, el día parecía hecho para disfrutarlo; el cielo estaba increíblemente azul y había unas pocas nubes blancas flotando plácidamente desde el mar hacia la costa. Una suave brisa refrescaba el ambiente impidiendo que se acumulara el calor. El sol estaba radiante; todo brillaba y los colores se veían más vivos que nunca. Las palmeras y los árboles estaban tan verdes, la arena impecablemente blanca y el mar tan azul, que a veces me parecía que estaba soñando.

A pesar de que le tenía confianza como amigo, nunca hubo un intercambio táctil aparte del acostumbrado beso al saludar, y ese "beso" difícilmente se podía considerar como tal. Más bien era una especie de choque de mejillas con un chasquido incorporado; un golpe con sonido bucal automático lanzado al viento. Siempre había cultivado mucho los límites del espacio personal, manteniendo una zona de seguridad entre los demás y yo. Pero con Eric me estaba pasando algo extraño. Quería que me tocara. Anhelaba sentir un roce suyo, aunque fuera sin intención. Necesitaba sortear el obstáculo más grande que me pone mi propio carácter: el infranqueable mito del tacto. ¿Pero cómo?

Me parece curioso que aunque sé que soy una persona emotiva se me hace imposible tocar a la gente. Sin embargo, cuando alguien me toca, el eco de esa sensación táctil reverbera durante largo rato en mí. La temperatura, la presión, la textura y la calidad del estímulo tardan mucho en disolverse en mi piel. ¿Será justamente porque no soy una persona que anda todo el tiempo tocando a los demás, que mi sentido del tacto se encuentra en un estado basal más bajo de lo normal, con menos "ruido" cotidiano que despiste los nuevos estímulos? Es como si mi piel se mantuviese constantemente en una condición casi virginal, impoluta, que la dejara reaccionar con mucha mayor intensidad frente a cualquier provocación que recibe.

Quería asolearme un rato. Me puse bronceador por todas las partes del cuerpo a las que llegaba fácilmente y, mientras lo hacía, me di cuenta de que el destino me ayudaba: le pedí a Eric que me pusiera crema en la espalda. Accedió, y por primera vez sentí sus dedos recorriendo mi piel desnuda. Una sensación tibia y profunda invadió todo mi cuerpo, haciendo que buscara instintivamente la silla de extensión para tenderme al sol, dejando que me arropara con su intenso calor. "No puedo. No voy a estropear mi relación con Eric", pensé.

Eric regresó a su silla en la sombra y hubo un rato de silencio. Con los ojos cerrados recordaba las tantas veces que había imaginado cómo sería sentir su piel con la yema de mis dedos, recorrer su pecho con la palma de mi mano. Pero éramos amigos; nunca había podido ir más allá del beso en la mejilla. Nunca le había tocado la cara con la mano siquiera. Y, sin embargo, en sueños había palpado cada uno de los músculos de su torso, de su espalda, de su cara y de sus piernas. Había tocado su abdomen, sus caderas, sus glúteos y su virilidad, pero todo en mi subconsciente. En ese estado liberado aniquilaba el pudor y dejaba que la pasión fluyera dentro y fuera de mí, llenando todo el espacio que me rodeaba. Me concentraba en mis sentidos y me entregaba al placer que obtenían, deleitándome hasta la inconciencia.

Pasó el tiempo y me volteé hacia la sombra donde estaba sentado Eric. Estaba concentrado dibujando en la arena. ¿En qué pensaría? Alzó la vista y sonrió al encontrar mi mirada furtiva y tímida descansando exhausta sobre su humanidad. Me pidió que le pusiera crema en la espalda. Era mi turno de experimentar su piel con las yemas de mis dedos. Le puse la loción de la manera más delicada posible, sintiendo cómo la textura de su piel penetraba por las irregularidades de la palma de mi mano, dejándome extasiar por ello durante unos segundos. "No más. Es mi amigo", me decía a mí misma, tratando de convencerme de ello. Cuando estuvo listo, se tendió a mi lado en su silla de extensión.

Al rato decidimos entrar al agua. La atmósfera que nos rodeaba cambió de pronto; era como si las olas se hubieran llevado las inhibiciones, o al menos una gran parte de ellas. Extrañamente, me sentía muy cómoda en el agua con Eric y me parecía que a él le sucedía lo mismo. Su mirada cambió; me encantó verlo tan afectuoso de repente. Algo mágico en el agua disolvió de manera fugaz el tabú del contacto físico y Eric comenzó tímidamente a intentar un acercamiento. Preferí no darme por enterada. Siempre fui buena para negarme a mostrar mis sentimientos, incluso para negarme a admitir cualquier atracción por alguien. No sirvo para el coqueteo; más bien me tiendo a convertir en amiga de los hombres que me gustan. Una vez más intenté ser impermeable al galanteo, pero esa vez el entramado de mi coraza parece haber estado vencido en algún sitio imperceptible y la muestra de cariño logró entrar discreta en mi alma.

"¿Sabes que eres una persona 'realmente amable'?", me sorprendí a mí misma diciendo, tratando de que comprendiera el significado literal de esa expresión, que denotaba lo mucho que se le podía amar. Eric sonreía y me daba las gracias, y yo estaba segura de que no había entendido las intenciones que emergían del trasfondo trastocado de mi razonamiento particular. Me gustaba jugar con las palabras y dejar a todos pensando que lo que decía eran absurdos. Así le quitaba fuerza al deseo primario que me había llevado a expresarlo inicialmente, y podía seguir gritando a viva voz aquello que normalmente no era capaz de pensar siquiera.

Almorzamos nuestro picnic improvisado mientras veíamos a la gente pasar y bañarse en el mar. Cada quien disfrutaba a su manera. Unos niños jugaban en la arena. Algunos adultos aprovechaban para descansar de las tensiones del día a día, y, arrullados por el rumor de las olas, quedaban sumidos en un dulce sueño con olor marino. Eric me propuso dar un paseo corto bajo el candente sol de las dos de la tarde. Quería ver las olas desde el malecón. Me puse una blusa y lo acompañé.

Nos sentamos sobre unas grandes rocas pardas a ver el mar y las olas. No hay ambiente más relajante para mí; el mar me da sosiego y una sensación de libertad al mismo tiempo. La fuerte brisa marina mitigaba el enorme calor que venía del cielo y de las rocas por igual; ese calor que intentaba inútilmente envolvernos en un ambiente casi refractario. Podía sentir cada grano de sal húmeda arrojado con fuerza desde las olas sobre mi piel. Eric comenzó a hablar sobre nuestra amistad, y de pronto estaba interpretando un monólogo; una disertación interminable acerca de lo importante y bella que era nuestra relación casi fraternal. Parecía querer convencerse a toda costa de lo que decía. Ahondaba tanto en cada punto, que llegué a pensar que el sol le estaba afectando la cabeza. Yo me limitaba a escuchar y asentir a lo que dijera, mientras disfrutaba del olor a salitre que traía el viento, imaginando la sal de su frente disolviéndose sobre mi lengua. Recordaba cómo tan solo momentos antes cada uno había acariciado la espalda del otro con la eterna excusa del bronceador y me preguntaba a mí misma cuándo sería la próxima vez que sucedería algo así. "Pronto no será", me limité a pensar.

Estuvimos largo rato sentados al sol, sin nada que nos interrumpiera, hasta que al fin se impuso la prudencia y decidimos regresar a nuestras sillas en la sombra. En el camino nos metimos de nuevo al agua para refrescarnos y luego se sentó apoyando la espalda contra el pie de la enorme sombrilla de paja bajo la que nos refugiamos ese día. Eric se había quemado demasiado con el sol; su piel brillaba en la sombra con destellos naranjas y rojos que contrastaban con su cabello negro. ¡Pobre! Seguro que le dolía, pero no dijo nada. Parecía más ocupado en otras cosas. Estaba más comunicativo que nunca. Y yo sentada frente a él, queriendo pasar mis dedos por sus rizos, queriendo delinear sus cejas oscuras, queriendo descubrir cada poro de su rostro con las yemas de mis dedos, queriendo tocar sus labios con los míos, a la vez que lo escuchaba en la lejanía, filosofando acerca de la amistad y del tiempo que llevábamos conociéndonos.

Desde la primera vez que nos vimos, Eric y yo comenzamos un intenso intercambio de ideas que no ha parado. Participamos en una conversación perenne que no pareciera tener intenciones de terminar nunca. Es maravilloso poder compartir tanto con alguien; hablamos de todas las cosas que nos pasan por la mente y disfrutamos la tertulia infinita dentro de la que fue evolucionando nuestra relación. "Sería una pena que todo eso se perdiera de pronto por un capricho del momento", pensaba en silencio.

Un rato después, Eric decidió volver a su silla de extensión y, al pasar junto a mí, noté que tenía la espalda llena de manchitas mínimas de pintura blanca. Se le habían pegado a la espalda cuando se recostó contra el pie de la sombrilla y ahora era difícil quitarlas porque le ardía la piel. Le dije que se tendiera boca abajo y que intentaría sacarlas con mucho cuidado.

Ahí estaba Eric, acostado junto a mí, esperando que le tocara la espalda para eliminar las manchitas de pintura. Finalmente tenía el derecho de tocarlo tanto como yo lo creyera necesario; era decisión mía qué cantidad de manchitas le quitaría y cuántas le dejaría encima. El destino me volvió a ayudar; más bien creo que ese día había una fuerza cósmica que me estaba consintiendo en mis anhelos más secretos sin pedir nada a cambio. Me incliné sobre su espalda para deleitarme hasta el fondo con aquella mezcla de olor a hombre y a mar, preguntándome cómo sería su sabor. "Tranquila, no lo eches por la borda", dijo mi cabeza y me incorporé de nuevo.

Me di a la tarea de desmanchar la espalda de mi amigo de la forma más delicada posible. Una por una iba eliminando las manchitas celestinas que parecían haberse confabulado conmigo, alcahueteando mi deseo de tocar nuevamente a Eric. Poco a poco fui cubriendo todo el territorio de su dorso con mis manos laboriosas y hambrientas de tacto, mientras él se dejaba recorrer por mis dedos de norte a sur, de este a oeste. La conversación fue menguando lentamente junto con las manchas, hasta que me encontré casi susurrando, acariciando tiernamente su espalda, inmersa en un mar de sensaciones que me embriagaban hasta el fondo. Mis manos cobraron vida propia. Se movían solas, sin que yo pudiera hacer algo al respecto. Tampoco quería hacer nada para impedirlo. Mi mente y mis manos estaban disociadas por completo y el resultado me extasiaba. La razón quedó totalmente bloqueada, encerrada bajo siete llaves y lo único que quedó libre fue el espíritu, que se apoderó por entero de mi voluntad. Nunca había estado en una situación como esa; nunca había sentido nada igual. Nunca antes había dejado a mi instinto salir desbocado de esa forma. Un leve y delicioso escalofrío recorrió mi columna una y otra vez, mientras mis dedos conquistaban espalda, costados, hombros y cabeza. No podía detenerlos. No quería detenerlos. Exaltada, ansiaba ver hasta dónde me llevarían en ese descubrimiento delirante del cuerpo de mi amigo, quien se había quedado inmóvil y mudo, como para no interrumpir aquel sueño.

Cuando mi mano derecha llegó a la nuca, se convirtió en una suerte de rastrillo que tocaba su cabeza y pasaba entre sus negros rizos, deleitándome con cada intento del grueso cabello por atrapar aquellos dedos, ahora que al fin eran libres. "Me encanta tu pelo", me escuché decir, y comprobé que las manos no eran lo único que se había rebelado en mí. Una vez saturada de sensaciones, mi mano llegó a la frente, donde aguardaba la otra en una especie de relevo sensorial. Eric se dio vuelta y cerró los ojos, dándome permiso para descubrir su cara a mis anchas. La yema de mi dedo índice trazó frente, cejas, ojos, orejas, pómulos, nariz, labios y barbilla. Luego la otra mano la imitó. Palparon toda su cara y bajaron hacia el cuello. "Qué piel tan suave", dijo mi boca cuando llegaron a los hombros. Luego los brazos; cada forma, cada músculo. No querían parar. No podían parar. Era mejor rendirse y dejarse llevar por ellas.

De alguna manera, una mano decidió volver a subir a su sien para adentrarse nuevamente en el cabello, mientras mi boca preguntaba, "¿Te molesta que te...?". No pudo terminar la frase. En ese momento, Eric se incorporó levemente, me acercó hacia él con suavidad y me dio el beso más profundo y dulce que jamás me han dado en toda la vida.

Finalmente había roto la barrera del contacto físico.

De noche

Federico… Federico… Estás roncando… ¿Te acordaste de tomar el antiácido y el antialérgico antes de acostarte? Mejor te los tomas ahora… Gracias mi cielo…

—Federico… Estás roncando otra vez… Federico, no puedo dormir… Muévete un poco, a ver si así no roncas… Gracias…

—Federico… Federico… Estás roncando… Ponte boca abajo para que dejes de roncar… Gracias mi amor…

—Federico… Federico… Estás roncando mucho… A ver, ¿por qué no te pones una de esas tiritas para la nariz? Gracias…

—Federico… Federico… Estás roncando… Échate el spray antirronquidos que te compré hoy en la farmacia… Gracias mi vida…

—Federico… Federico… Estás roncando de nuevo… ¿Por qué no intentas con una almohada más, para que estés en una posición inclinada? Gracias…

—Federico… Estás roncando… Federico, no puedo dormir, me despiertas de golpe… Haz algo, pero deja ya de roncar, ¡por favor! Tal vez si te doy la espalda no se oiga tanto…

—Federico… Federico… ¡Estás roncando cada vez más fuerte! ¡Esto no lo aguanta nadie! ¡No he podido dormir en toda la noche! ¿Y cómo haces para comenzar a roncar justo cuando cierro los ojos? Apenas los abro, ya no haces ruido... Federico… Federico… Pero… ¿dónde estás…? ¿Cuándo te fuiste…?

La oveja negra

¡Por fin llegaste! Ya me estaba comenzando a preocupar… ¿Qué pasó? ¿Por qué tardaste tanto, tuviste algún percance? Bueno, lo importante es que ya estás aquí. ¿Alguien te vio cuando venías? Mira que es un secreto. ¿Trajiste exactamente lo que te pedí? ¿Pudiste conseguirlo sin problema? Lo necesito urgentemente; sé que no aguantaré mucho más…

Todos en mi familia asemejamos ángeles suecos y todos parecieran querer ser siempre más angelicales aún. Todos menos yo. Siempre me sentí como la oveja negra de la familia. Soy rebelde por naturaleza; nunca he soportado que me digan lo que debo hacer y mucho menos que me obliguen a nada. Por eso hago lo que quiero, sin importarme lo que piensen los demás; al fin y al cabo se trata de mi vida y ya. Y así y todo, nunca había hecho esto antes; será por eso que me tomó bastante tiempo decidirme, a pesar de que siempre sentí la curiosidad y la tentación me rondaba insistentemente. ¡Qué emoción! ¡No puedo creer que haya llegado el día, luego de tantos años! Pero dicen que lo bueno se hace esperar, así que lo haré sin ningún remordimiento y lo disfrutaré al máximo, ¡sí señor! Estoy harta de los consejos, de las reglas y las convenciones; no sirvo para eso. Prefiero que me dejen en paz para ser libre y vivir como yo lo desee, sin que alguien se inmiscuya en mis asuntos. ¿Y qué si lo hago, si al fin de cuentas no le causo un mal a nadie? ¿Por qué tanto escándalo y tanta ridiculez en torno a mi comportamiento, si además vivo sola y dependo de mí misma? Cualquier cosa que haya hecho y haga en el futuro ha sido y será a riesgo propio, ¡que dejen ya de entrometerse todos!

A ver, ¿fue muy caro? Mira que solo pienso usar lo mejor, ahora y siempre. No tolero la piratería ni la adulteración, sobre todo en algo tan importante y costoso; mi cuerpo no lo resistiría. ¡Ah sí, es exactamente lo que quería! ¿Tienes los implementos a mano? ¡Qué bueno, entonces podemos comenzar ya! Abre el paquete con cuidado, no sea que se caiga; sabes que no me puedo dar el lujo de malgastarlo. ¡Qué nervios! Déjame respirar hondo mientras lo preparas todo. Esto tiene que ser perfecto, recuerda que estoy en tus manos. Sí, estoy segura de que lo quiero hacer, pero por favor, hazlo con mucho cuidado. Voy a cerrar los ojos para ayudar a que te concentres mejor. ¡No puedo esperar más! ¡Toma ya la brocha y tíñeme el cabello del azabache más oscuro que existe…!

El corte

Niño, quédate quieto. No te muevas tanto. ¡Que te quedes tranquilo te digo! Mira que si no, te puedo sacar un tajo de piel sin querer. A este chiquito le crece el pelo como si fuera maleza. Cada mes y medio se lo tengo que rebajar. Me estaba costando una fortuna mantener al niño con una apariencia decente, llamando a la peluquera o llevándolo al barbero. Pero ese dinero me lo voy a ahorrar. Esta máquina la anunciaban como la maravilla con corriente o a baterías. "Con ella, cualquiera lo puede cortar en casa", decía el cartel. Al fin me decidí y la estoy probando hoy por primera vez.

Espera un poco, que algo pasa con la potencia. Será que las baterías no están suficientemente cargadas todavía. Un momento, que pongo el cable. Bien, todo resuelto; ahora sí podemos seguir. Pero quédate tranquilo, que esta es mi primera vez. No te quiero trasquilar, mira que luego los demás niños se burlan de ti. Y no me hables tanto, que no me dejas concentrarme en el corte. A ver, creo que debo usar un peine más grande aquí arriba, uno mediano sobre las orejas y uno bien corto para la parte de abajo. Será que primero te rebajo todo el coco con el peine grande, luego te hago la franja del medio y al final te recorto de las orejas para abajo con el más pequeño. Sí, eso mismo voy a hacer. Te digo que no te muevas tanto; pareces un canguro con un ataque de epilepsia. ¡Cuidado te digo, niño!

A ver, a ver; voy a empezar por aquí adelante y me voy a ir hacia atrás. Una carrera en el centro, una a la derecha, otra a la izquierda. Déjame ir por la derecha primero. Muchacho, tú sí que tienes pelo; eso como que lo sacaste de tu papá, que tiene una mata de pelo enorme y grueso. Porque yo, nada que ver. Tengo poco y demasiado fino. Menos mal que algo bueno sacaste de él; ja, ja, ja. Déjate la batica, no te la toques tanto, que se te va a meter el pelo por la camisa y luego te pica todo. Escucha lo que te digo. ¡Uf! Es inútil;

estos niños no hacen caso. Ya verás, cuando te levantes de la silla vas a tener una piquiña por la espalda y por toda la barriga. Te vas a tener que bañar, aunque tú dijiste que hoy no te ibas a bañar en protesta porque no te querías cortar el pelo. Bueno, pues te salió igual. Y si no me haces caso, también te vas a tener que bañar para quitarte la comezón. A ver, quédate calladito, que me desconcentras. Hoy la que habla soy yo, ¿oíste? Al fin; la capa de la derecha está lista. Quedó bastante bien para ser la primera vez. Déjame cortar por aquí atrás, que todavía no había llegado a este punto. Un poquito por aquí, otro poquito por acá. Muy bien. Ahora el otro lado.

Un momento, que creo que se trancó el mecanismo. Pero cómo no se va a trancar, con ese pelo macho que tienes, mijo. Parecen cerdas de brocha de afeitar. A ver, déjame leer las instrucciones. Dice que si se llegara a trancar puede ser por exceso de pelo en el mecanismo. Espera un momentico, que lo voy a limpiar.

Ahora sí. Nos toca el lado izquierdo. Huy, este cable se queda enganchado en el apoyabrazos de la silla. Menos mal que es largo; así puedo moverme bien alrededor tuyo. Mejor lo levanto un poco. Creo que estoy aprendiendo, pareciera que me sale más fácil este lado. Será porque soy zurda, no sé. A ver, voy para atrás de nuevo. Voy a retocar un poco la derecha, mira que no quiero que andes por ahí con el pelo todo desigual. El corte será casero, pero tiene que quedar pro—fe—sio—nal. Y mira, si me sigues hablando y te sigues moviendo, lo menos que va a quedar es profesional. Ya verás como todos los niños se van a reír de ti en la escuela. Si me sigues desconcentrando con tu cháchara te voy a castigar. Te voy a dejar con el pelo cortado a medias, ¿oíste? Ahí sí es verdad que vas a parecer un loquito por la calle. Así que te me quedas tranquilito y con la boca cerrada, por favor. No quiero escuchar más nada, ¿entendido? ¡Y no te vuelvas a mover!

Bueno, déjame cambiar el peine para hacerte la segunda capa. Baja la cabeza para que pueda ver mejor. A ver por dónde comienzo. Será por la derecha, como antes. A ver, déjame dar la vuelta para ponerme en posición. Este peine es más pequeño, así que el pelo te va a quedar un poco más corto aquí. Es increíble lo fácil que resulta usar estas maquinitas; nada de medir las capas con los dedos y usar las tijeras como hacen los estilistas. Bueno, tal vez tenga que usar las tijeras al final, para retocar algo que no haya quedado perfecto. Pero la verdad es que no creo que haga falta; los peines estos tienen el tamaño ideal y puedo cortar el pelo en todas direcciones. Creo que se está viendo cada vez mejor. No te muevas, por favor, que si no te voy a tener que dejar como Kojak pero sin la chupeta. Si supieras quién era Kojak, no te moverías tanto. Ahora la izquierda. Otra vez me parece como más fácil, mijo. ¿Será que tienes la cabeza torcida hacia ese lado? Bueno, todos tenemos el cuerpo disparejo, así que no te culpo. Déjame pasar por aquí atrás para retocar la derecha. Muy bien. Atrás, adelante y de nuevo hacia atrás para repasar encima de la nuca. Mira que quiero verte más bello que antes.

Deja la cabeza bien abajo, mijo, que ahora te voy a hacer la tercera capa. Al menos ya no me desconcentras; si llega a quedar torcido será por culpa mía y lo voy a admitir. Yo prefiero eso a tener que explicarle a todo el mundo que el corte quedó mal porque el niño no me dejaba trabajar con tranquilidad. Vamos de nuevo por la derecha, damos la vuelta aquí atrás, regresamos por la izquierda y repetimos desde el frente una franja más abajo. Las patillas y la nuca deben quedar inmaculadas, déjame ver cómo le hago. No te vayas a mover ahora, mijo, que estoy justo al lado de tu oreja. Y no quieres quedarte desorejado, ¿verdad? Así mismo, tranquilito, sin moverte ni un ápice. Muy bien; parece que te estás portando mejor. Mira que a partir de ahora te voy a recortar siempre en casa, así que más te vale aprender a portarte bien desde hoy. Creo que al fin lo estás entendiendo. Menos mal. A ver, la primera patilla quedó decente; ahora la segunda. Déjame dar la vuelta por aquí. Te la voy a emparejar con la otra.

Déjame volver a retocar todo tu coco con el primer peine; cualquier cosa antes de tener que usar las tijeras esas. Arriba, abajo. Derecha, izquierda. Delante, detrás. Parezco un trompo loco, ja, ja, ja. Pero vas a quedar perfecto, mijo. Pro—fe—sio—nal, como quien dice. Un momento, que aquí quedó un mechoncito que se escapó de la cortadora de grama esta. Ya está. Perfecto.

Al fin terminé, mijo. Me tomó casi una hora, pero quedaste guapísimo. A ver, sube la cabeza para verte la cara. Dale pues. Vamos, no te hagas de rogar y sube la cabeza, mijo. ¿Qué no oyes lo que te digo? Primero tuve que amenazarte para que te quedaras tranquilo y ahora no quieres moverte para nada. ¿Qué fue, te estás vengando? ¡Que subas la cabeza te digo! ¡Que te quiero ver la cara! Bueno, te la subo yo. ¡Huy qué pesada! ¡Y qué tiesa! Tienes los labios azules. ¿Qué te pasa? ¡Mijo, háblame! ¡¿Cómo te enredaste el cable en el cuello?! Déjame aflojártelo. No puedo; está duro y no resbala. ¡Mijo! ¿Qué hiciste esta vez? No me escuchaste, ¡te dije que te quedaras quieto! ¿Y ahora qué? ¡Vamos mijo, respira! ¡Respira! ¡Respira, que te lo ordeno yo! ¡Respira, por favor...!

De mañana

Por más que lo pienso, no logro entender qué sucedió. Me encuentro tendido sobre la alfombra de la sala, junto al sofá. ¿Qué hago aquí? Es jueves, debería estar en la oficina, con esos incompetentes que se hacen llamar directivos de la empresa. Pero son casi las nueve de la mañana y no logro moverme de aquí. Suena el teléfono. Vuelve a sonar. Otra vez más. Seguro que me llaman porque no he llegado a la reunión de las ocho y media. ¡Que esperen!, ¿qué me importa? Quiero dormir.

La casa está en orden, como siempre. Cada cosa en su lugar exacto, preciso. Todo derecho, todo limpio. Nadie que desordene nada, solo estamos Sañoso y yo. Sañoso sabe comportarse; desde cachorro le he enseñado a ser cuidadoso con los objetos de la casa. Lo eduqué rigurosamente para que entendiera.

Mi pitbull terrier atigrado de hocico azul tiene cuatro años y es mi mejor amigo. Lo acostumbré a estar solo conmigo; lo convertí en un guardián fiero que no puede convivir con otros perros ni con otra gente. Somos solo él y yo contra los otros perros de pelea de la ciudad. Sañoso me quiere y él sabe que yo lo quiero también. Sabe que le pego para que se comporte y aprenda a defenderse. Y lo ha aprendido perfectamente. No lo puedo sacar sin bozal porque atacaría al primero que se le cruzara por delante. Creo que lo adiestré bien; es el perro más agresivo y más fuerte en este momento. Por cierto, ¿dónde andará?

Aún no comprendo cómo llegué aquí. Tengo sueño, algo muy raro en mí. Siempre he sido muy activo y dinámico; no se me acaba la energía. Nunca antes había experimentado esta tranquilidad. No conocía este alivio que parece irradiarse desde mis entrañas; lento y constante, cálido y refrescante a la vez. Es una sensación muy agradable, la voy a disfrutar hasta el final. Estoy cómodo y no pienso cambiar de posición siquiera hasta haber descansado lo suficiente. Poco a poco me voy relajando, mis músculos van perdiendo el tono y los ojos me pesan cada vez más.

Intento recordar el día de ayer. ¿Qué pudo haber ocurrido para que yo esté tan agotado hoy? Como todos los días, me levanté temprano para ocuparme de Sañoso e ir a trabajar. Entré a la cocina abriendo la puerta con el pie. Justo en ese instante salió una maldita cucaracha de debajo del gabinete, y la pisé con el otro pie, el derecho. La pisé con tanto odio y con tanta violencia que se le salieron las tripas, quedando desparramadas por un trecho de suelo cerca del mueble. ¡Cómo odio a las cucarachas! No soporto pensar en su existencia sucia, casi rastrera, metiéndose entre la basura, entre los huecos sucios y malolientes, entre los escombros oscuros, entre los gabinetes de mi cocina. No sé si odio más a las cucarachas o a las ratas, lo cierto es que estoy seguro de que esta cucaracha no vivió después de nuestro encuentro. La maté con odio, la maté con un placer sádico de ver las tripas saliéndose de su cuerpo acorazado. Cómo las detesto; no puedo pensar que sean siquiera seres vivos, a los que generalmente respeto tan solo por el hecho de que viven. No. Con las cucarachas no me pasa eso, no siento el más mínimo respeto por su inmundo ser. Además transmiten enfermedades. Hay gente que dice que las cucarachas son tan limpias o sucias como sea la casa de uno, pero, ¿y qué pasa con las que entran desde la calle? Además, aunque la casa esté limpia, si la cucaracha se cría en un basurero ¿cómo va a ser limpia? Es imposible. No, las cucarachas son sucias y esa es la realidad. No creo que haya un ser más bajo que ellas, y sin embargo, si hay algún cataclismo, las cucarachas son las únicas

164

que lograrían sobrevivir. ¿Será que en el fondo les tengo envidia? ¿Será que yo también desearía poder sobrevivir a un cataclismo? No lo sé, no puedo estar seguro de eso. Solo sé que las cucarachas son asquerosas y nada más. Nunca he podido verlas de otro modo, ha sido así desde que era niño. Apenas las veía, corría en dirección opuesta, preso de un frío que me bajaba desde la nuca hasta el coxis, erizándome la piel en una manifestación del más puro terror y asco que se puede sentir ante cualquier estímulo. Pero ahora, la cucaracha, la cucaracha, ya no puede caminar…

Saqué al perro a dar una vuelta corta, como siempre, antes de que los vecinos salgan de sus casas. Sañoso no tolera a nadie y la gente le tiene miedo. Le di comida y agua, desayuné y me preparé para la oficina. Me puse mi traje marrón oscuro con una camisa blanca nueva, impecable, y una corbata negra a dos texturas que forman un pico. En la calle me esperaba el mismo paso acelerado, el mismo aire, la misma rutina. La ciudad grande despertaba vibrante, agresiva, sacudiendo por igual a todos los que la habitamos.

Todos los días veo el mismo panorama. Salen, llegan y bajan. Se mueven en todas direcciones. La gente en esta ciudad no para. Son como hormigas en un enorme hoyo en la tierra. Parecen autómatas, parece que no tuvieran nada dentro que les diera libre albedrío. Se dirigen al metro, al bus, a las calles llenas de más gente que había llegado antes que ellos. Se dispersan entre la bruma de la mañana, una mañana como todas las demás. La gente no camina, no corre; solo se desplaza como una masa imponente, con todo su peso, su volumen enorme. Es un alud con piernas que salen de todas direcciones para entrar en otras tantas. No paran de moverse, solo se van diluyendo lentamente, hasta quedar tan solo unos cuantos que parecen haber olvidado hacia dónde iban. Esos pocos se reducen luego y tras unas horas vuelve a repetirse la acción a la inversa: todos regresan por donde vinieron, entran, se van y suben.

Trabajé como un buey toda la mañana, como siempre, arreglando los desatinos de mis empleados en la oficina. ¡Qué equipo de holgazanes me tocó supervisar! Si pudiera, los despediría a todos. No hacen más que perder el tiempo tomando café y contándose chismes de ellos mismos, mientras se les acumula el trabajo inevitablemente. Haraganean toda la mañana y luego se quejan de la gran pila que tienen al frente después del almuerzo. Claro, cuando regresan de comer les toma una eternidad encontrar el camino a sus escritorios, pasando primero por el baño, el botellón de agua y de nuevo la máquina de café, evidentemente no queriendo llegar del todo a cumplir con sus responsabilidades. Simulan trabajar; eso es. Son tan descarados que se quejan de tener que quedarse sobre tiempo para poder terminar su trabajo regular de cada día. Y ni eso logran a veces, con tantas boberías en las que se les va el tiempo durante las horas de trabajo. Lo cierto es que no tienen ningún interés en lo que hacen. No pueden siquiera presentar un informe de calidad. Creo que me iría mejor haciéndolo todo yo mismo. Y lo peor es que mis compañeros directores son igualmente ineptos y mediocres; no sé ni cómo llegaron a sus posiciones. Seguro que los emplearon por méritos afectivos en lugar de calidad profesional. No saben hacer una simple presentación a la junta; reciclan los datos una y otra vez, semana tras semana, creyendo que nadie se da cuenta o apostando a que todos participen en el mismo juego. Tal vez les funcione con los demás, pero yo sí que lo noto. Si esto sigue así, la empresa se va a pique. La solución es reorganizarla, echando a la mayoría de estos tarados que no saben hacer su trabajo y contratando gente que sí sepa lo que hace. Voy a tener que reunir al presidente y a los accionistas para plantearles el caso.

Al mediodía bajé a la terraza gastronómica de nuestro centro de oficinas, donde hay varias cadenas de comida rápida que sirven alimentos mediocres. Me puse en fila para resolver mi almuerzo como las otras miles de personas que sentían la punzada en el estómago a esa hora del día. Delante de mí había unos chicos de la escuela riéndose, gritando y empujándose unos a otros en todas direcciones. Me ponen nervioso. Por supuesto que uno de ellos terminó cayéndome encima, pisándome y arrugándome la camisa. ¡Lo que hay que soportar! Le dije que tuviera más cuidado y él ni me respondió. No respetan nada. Al fin recibieron su pedido y se fueron en busca de una mesa. Ordené el combo clásico y miré alrededor. No había sitio; solo en aquella mesa en la esquina a la que estaba sentada una mujer joven. Le pedí permiso para sentarme y ella accedió.

Mientras me comía la hamburguesa, me manché la camisa con mostaza. ¡Coño, otra vez parezco un cerdo con esta camisa sucia! ¿Será que nunca puedo verme limpio como los demás? Ni siquiera puedo echarle la culpa a los niños esos; ellos no me mancharon la camisa de mostaza; es evidente que fui yo. Esto me pasa por andar comiendo fuera. Debería traer comida de la casa, además así ahorraría dinero y comería algo de mejor calidad. En realidad detesto el sabor de estas hamburguesas, ese regusto que deja una sensación de grasa sólida en la boca después de tragar, mezclado con los demás ingredientes que vienen todos juntos en una especie de salsa de mostaza y ketchup. Una sustancia indefinible, casi incomible, en la que no se pueden terminar de identificar cuáles son los otros componentes del clásico acompañante de la reina de la comida rápida. Un poco más allá, en la otra mesa, los niños no se han manchado; debe ser que son más duchos que yo en el arte de comer comida chatarra. Será que no me acostumbro a meter esa cantidad de porquería en mi cuerpo. ¿Por qué fui a comer a ese lugar y no a mi casa, que queda a cinco minutos en carro? ¿Será porque no quería perder el puesto de estacionamiento o será porque soy un flojo? ¿O será que en realidad disfruto comiendo esta basura?

Volví rápido a la oficina para no perder tiempo. Sé que en el trabajo me tildan de antisocial y excéntrico porque almuerzo solo y no ando haciendo relaciones públicas como los demás. ¿Qué saben ellos de mí? Nunca les he dado pie para que se inmiscuyan en mis cosas. No les debería interesar mi vida privada, igual que a mí tampoco me interesa la de ellos en lo más mínimo. No entré en esta empresa buscando amigos; estoy aquí para trabajar y avanzar en mi carrera. Por eso siempre tengo mucho que hacer. Aproveché que casi no había nadie para organizar mi escritorio y mis archivos. Después comencé a preparar el proyecto de la inmobiliaria, ese que nadie quiso tomar por lo grande y complicado que es. No se atreven, son unos cobardes. Ya verán cuando se los presente en una exposición impecable, perfecta. Se van a quedar con la boca abierta, pero el ascenso me lo darán a mí, ¡partida de inútiles!

Al final de la tarde fui a casa a buscar a Sañoso, que ya me esperaba inquieto. Todos los miércoles vamos a las peleas de perros. Sañoso disfrutó muchísimo; yo también. Casi podía ver cómo se le disparaba la adrenalina desde cada uno de sus nervios a los músculos de sus patas, su poderoso cuello y su enorme mandíbula, mientras arremetía contra otro pitbull más grande que él, dejándolo en el suelo, gimiendo con el hocico destrozado. ¡Muy bien hecho, amigo!

Regresé a la casa a dejar a Sañoso. La pelea lo dejó agitado. Tiene una energía inagotable que muchos le envidian; es más resistente que cualquier otro perro de pelea. Incluso si lo logran herir, sigue adelante como si no le pasara nada. Igual que yo, que no me dejo vencer por la competencia; en eso nos parecemos. Le di agua y carne cruda, como le gusta, y volví a salir rápido para ir a Punk'd, como suelo hacer después de las peleas.

En el bar me esperaban los gorilones de los miércoles. Son todos ejecutivos jóvenes como yo, que buscan liberar el estrés del trabajo con unos cuantos tragos y tal vez alguna droga de moda. El lugar es una especie de enclave sin ley donde cada uno hace lo que quiere: jugar al billar, a las cartas, a las mujeres, a los hombres; apostando cualquier cosa para demostrar quién es el más duro. Voy allí desde hace varios años, cuando llegué a la ciudad y comencé a trabajar en la empresa. Es un círculo relativamente grande en el que todos se conocen pero se limitan a relacionarse solo los miércoles por la noche, prácticamente ignorándose si se llegan a encontrar fuera del bar, incluso si trabajan juntos en la misma compañía. Es como una cofradía tácita en la que nunca se habla fuera del bar sobre lo que sucede dentro de él. Bebimos, hablamos y las horas fueron pasando.

Llegué a casa a las seis de la mañana, totalmente borracho. Sañoso me recibió demasiado eufórico; casi me tumba al suelo cuando pasé por la puerta. No paraba de saltar y de lamerme; quería jugar conmigo. De tanta emoción se orinó en medio del recibidor. "¡Ahora no, perro estúpido!", grité. Le di varias veces por el hocico con el periódico enrollado que me dejan todos los días al pie de la escalera y caí redondo en el sofá. Creo que la mezcla de whisky con crack no me cayó bien. Será que me vendieron una droga adulterada; y eso que siempre se la compro al mismo tipo. Francamente, ya no se puede confiar en nadie.

Sañoso se escondió debajo del fregadero, como lo hace siempre cuando le doy una buena paliza. En la oscuridad lavada del ambiente, sus ojos me miraban brillantes con las primeras luces que pasaban desde afuera. Estaba molesto con él y Sañoso lo sabía. No tiene necesidad de hacer toda esa comedia barata cada vez que llego; va a tener que aprenderlo a los golpes si es necesario. Me acosté un rato en el sofá, esperando sentirme mejor para vestirme e ir a trabajar de nuevo. Pero a partir de ahí lo veo todo borroso.

Al rato, mi mente comienza a despejarse. Mi conciencia va rumbo a un estado que me es desconocido. En este estado alterado, liviano, veo todo con más claridad. Un gran sosiego me invade. Me siento ligero. De pronto recuerdo los detalles. Me duele la cabeza; debe ser por el golpe que me di con el canto de la mesa cuando caí del sofá en el forcejeo con Sañoso. El bastardo ese regresó para morderme. A duras penas alcanzo a tocarme el cuello con la mano. Puedo sentir los jirones de carne, húmedos y tibios. Tengo el cuello destrozado. ¡Estoy desangrándome en la sala de mi casa! Ya no tengo fuerzas; no puedo siquiera arrastrarme hasta el teléfono. ¿Dónde se habrá metido el traidor ahora? ¡Ah! Ahí viene de nuevo el mal nacido ese. "¡Ayúdame Sañoso! ¡Ven acá y dame el teléfono!" , le ordeno. ¿Pero qué hace ahora? "¡No te atrevas, perro maldito! ¡No me levantes la pata en la cara…!".

Arrebato

Apenas amanecía aurora adentro; amorosa, acelerada, Adelaida Amparo Ambrosio adelantaba apresuradamente ambas actividades, alternándolas: ambientación, arreglo, ambientación, arreglo, ambientación... Ayer, acostumbrada, alicaída, anulada, amargada, Adelaida ató al animal arisco al árbol antiguo adyacente al acantilado, aprovechando alguna ausencia aparente, animándose a acabar al amanecer. Activa, abrió antes allí afanosamente arca, alforja. Aunque ansiosa, azuzó, acosó, acorraló, arrastró al área al aterrado adversario animal, atacándolo agresiva, abominable, aborreciéndolo agudamente. Atroz, amenazante, avivada, apasionada, asestó azotes atolondrados, aguijoneaba, arrancole abundantes apéndices acentuados, asquerosos, atribuidos al apestoso arruinado absceso, ajusticiolo ahorcándolo, alzolo arriba arrebatada, arrojando alto al abismo áureo arca, alforja, añadiendo adentro al animal anteriormente alborotado. Así, acostumbradamente abreviada, accesible, Adelaida afirmó amplia advertencia al aglomerado auditorio amigo asociado. Acabando, aliviada, aplomada, atractiva, Adelaida Amparo Ambrosio adelantó alegre ambas actividades, ambientando, arreglando, ambientando, arreglando...

La baraja

Uté' se va' morí'.

—¡¿Cómo dice?!

—Uté' se va' morí'.

—¿Pero por qué? ¡Si yo soy un hombre sano y no tengo ningún tipo de problema! ¿Por qué dice usted eso?

—Po'que lo veo aquí.

—¿Pero está seguro? ¿Dónde lo ve?

—Aquí mijmito en la baraja. Mire, 'tá clarito: aquí 'tá la muelte, y aquí 'tá uté'. Uté' se va' morí'. Tiene la muelte alante, ¿ve?

—¡No puede ser! ¡Si yo estoy bien! —dijo al abrir el primer botón de su camisa y aflojarse el nudo de la corbata—. ¡Yo estoy bien! —repitió, y se marchó temblando de aquel cuartito oscuro y lleno de incienso, hacia el tumultuoso mediodía citadino.

Saliendo del barrio, se encontró de repente en medio de un ajuste de cuentas entre dos bandas de narcotraficantes. Logró correr y ponerse a resguardo detrás de un muro hasta que terminó el fuego cruzado. "¡Uf, de la que me salvé!" ¬—pensó, mientras miles de gotitas se ponían de acuerdo en su frente para bajarle por las sienes.

De nuevo rumbo a casa, atravesaba la avenida justo cuando un auto ignoraba la luz roja a toda velocidad huyendo de la policía. Por muy poco logró esquivar al fugitivo y a quienes lo perseguían. "¡Huy, qué suerte!" —dijo aliviado a pesar de la taquicardia.

Pasando por el parque, lo abordó un mala pinta que, cuchillo en mano, lo amenazó con perforarle las tripas si no le daba la billetera, el reloj y los zapatos. Así lo hizo, temblando de pánico y rogándole al asaltante que no le hiciera daño. Finalmente lo dejó ir, descalzo, orinado y bañado en su propia mezcla de sudor grasoso con hollín. "¡No puedo creer que me perdonara la vida!" —

murmuraba para sus adentros, al tiempo que daba saltos torpes sobre la acera ardiente.

Siguió adelante mientras el calor, el hambre y el miedo comenzaban a doblarlo irremediablemente. Quería llegar a su casa; beber agua, almorzar y recostarse en el sillón. Caminó y caminó más aún, siempre de regreso, sin ver por dónde andaba, sin entender lo que sucedía. Nadie lo miraba. De pronto se vio a sí mismo entre la muchedumbre. Cansado, avanzaba en automático, con un resto de energía que no sabía de dónde fluía. Las piernas lo llevaron hacia el tren urbano, donde una multitud esperaba en el andén ignorándose activamente entre sí. Y allí, sus pies heridos protagonizaron los últimos pasos incontrolados, precipitándolo con saña hacia el vagón que llegaba raudo a llevárselo al otro mundo.

camila

"Se hechan las cartas. Se dán vaños y despojos".

Oiga, ¿y cómo es eso? —Camila le preguntó a la mujer más vieja sentada en aquel tarantín del mercado, señalando el anuncio escrito a mano sobre un cartón torcido.

—Buenos días —dijeron las dos mujeres.

—Buenos días —respondió Camila, intentando esconder un tanto de vergüenza en una sonrisa nerviosa—, ¿cómo les va?

—Bien, gracias a Dio' —dijeron a una voz.

—Mire, es que tengo una duda: ¿cuáles cartas echan y cómo lo hacen?

—Bueno, nosotras usamo' la baraja española. Primero le echamo' las cartas pa' ve' su suerte y luego le damo' baños o despojos, según lo que necesite —contestó.

—¿Y quién lo hace?

—Lo hace mi hija —dijo la vieja, señalando a la mujer más joven sentada a su derecha—. Yo no practico.

—Yo lo hago. Yo echo las cartas —afirmó la joven de unos veinticinco años—. Yo digo to' lo que veo. Uno tiene que contá' to' lo que ve; to', todito, to'.

—¿Y usted tiene algún poder especial?

—Sí; yo tengo poderes y mi mae también. Mi hermano también nació con ellos —dijo.

—¿Y cómo sabe una que tiene poderes? ¿Se siente algo especial?

—Bueno, eso se sae' po'que se ven cosas.

—¿Como clarividencia?

—Sí; así mismo e'.

—Mire, yo le pregunto porque mi mamá era clarividente, y yo no sé si tengo los poderes. Sí sé que he visto cosas del futuro, pero como no es muy frecuente, no estoy segura.

—Bueno, esos poderes o se tienen o no se tienen. Si usté' los tiene y yo le echo las cartas, se van a juntá' nuestros poderes y van a subí' a la cabeza.

—¿Como si estuviéramos más iluminadas?

—Así mismo e'.

—¡Qué bien! ¿Y las velas para qué son?

—Son pa' pedile' a los santos. Cada vela es pa' un santo. Nosotras solo hacemo' magia buena —dijo la vieja, señalando una pared cubierta de velones votivos de todos los colores—. Tengo el agua corriendo pa' que se lleve la mala energía, las cosas malas.

—¿Y en esas botellas qué hay?

—Esencias pa' la suerte, pal' amor, pa' la salú', pal' dinero y pal' trabajo. Lo de siempre, pue'. To' el mundo busca lo mismo. Y nosotras no hacemo' magia negra.

—Ya veo… ¿Y esas latitas pequeñas que tiene ahí en la esquina? ¿Qué son? No las puedo ver bien de lejos.

—Son polvos de personalidá' —dijo la joven, mostrando las pequeñas cajitas de metal con etiquetas que decían "Rosa", "Gilberto", "Margarita", "Ponciano" y "Eleuterio".

—¿Y eso qué es? ¿Por qué tienen nombres de personas?

—Tienen el nombre de la personalidá' que les va mejó'. Por ejemplo, Rosa es apasioná', Margarita es natural y Ponciano es sencillo.

—¿Y para qué sirven?

—Esos son pa' la gente que siente que le hace falta algo de eso. O pa' la gente que quiere cambiá' su manera de ser.

—¡Qué maravilla! ¿Y funcionan bien?

—Claro que sí. Aquí to' funciona bien.

182

—¿Y usted por qué no practica? —le preguntó Camila a la vieja, que se había levantado de la silla y se estiraba sobre los talones.

—Yo no practico po'que cuando estaba en el vientre e' mi amá, lloré. Eso me hizo perdé' poderes desde antes de nacé' —explicó la vieja, que tendría cerca de sesenta años.

—Entiendo —dijo Camila, y mirando a la joven, le propuso—: ¿será que me puede echar las cartas ahora?

—Si usté' lo desea, así será. ¿Está prepará'?

—Como nunca antes —afirmó Camila, y desaparecieron juntas detrás de la cortina negra.

Era un cuartucho improvisado, oscuro, con dos sillas plegables y una mesa pequeña cubierta con un trapo negro. Se escuchaba el rumor del agua que corría incesante por una fuentecita portátil. Algunas velas rompían la oscuridad con su tímida luz y su olor se mezclaba con el del incienso y ciertas esencias indefinidas que le daban al ambiente una dimensión totalmente desconocida para Camila. Le tomó unos instantes acostumbrarse al cambio de luz.

—¿Cuál es su nombre?

—Camila.

—Pue' siéntese aquí, Camila, que ya vamo' a empezá'.

Las dos mujeres tomaron asiento. Camila respiró profundamente y dejó salir un fuerte suspiro. En verdad estaba preparada. Siempre había sentido la curiosidad de entrar en ese mundo extraño para ella y hoy era su oportunidad.

—Corte la baraja, Camila. Vamo' a ve' qué hay aquí. Hmm… no veo ná', no veo ná'…

—¿Cómo que no ve nada? Algo tiene que haber ahí.

—Eso pasa a vece'.

—¿Sí? ¿Y por qué? ¿Qué significa?

—No puedo ve' ná' po'que sus poderes me lo tapan.

—¿O sea que sí tengo poderes? Pero no los sé usar…

—No importa que no sepa; sí los tiene. Ahora es el momento. ¡Rápido, deme las manos!

Emocionada, Camila entregó sus manos a la joven. Cuando hicieron contacto, una tremenda descarga de energía que salía de la mulata fulminó a Camila instantáneamente, dejando solo una fina ceniza esparcida sobre silla y suelo.

Unos instantes después, la joven se estiró en su asiento y llamó a su hermano.

—¡Eustaquio, trai una lata! ¡Tenemo' polvo e' Camila!

Mediodía

Una vez más, como en todas las reuniones de los jueves por la mañana, su jefe la hizo sentir invisible. Terminada la sesión fue a comprar su almuerzo. Al salir del edificio, las nubes se apartaron de pronto y una claridad abrumadora la envolvió por completo, desapareciendo su sombra. En medio del resol y el calor calcinante, se inclinó en derredor buscándola sin éxito. Miró el suelo que pisaba y, al no encontrarla, confirmó lo que siempre había sospechado. Entonces cerró los ojos, dejó escapar un suspiro y se dejó derretir lentamente, quedando solo una mancha que el asfalto abrasador se ocupó de desvanecer.

Enrico

"Espejito, espejito bonito, dime la verdad y muéstrame quién de todos es el más sabrosito" decía Enrico frente al espejo del baño con los ojos cerrados. "Enrico, Enrico, de todos tú eres el más riquito" escuchaba al abrir los ojos y verse reflejado en su juguete preferido. "Enrico, Enrico, ¡pero qué rico estás! Enrico, Enrico, tú eres el más rico" repetía cada mañana mientras se peinaba a la perfección.

Con sumo cuidado escogía la combinación prefecta de traje, camisa, corbata y zapatos que se ponía cada día según su estado de ánimo, las obligaciones de la oficina y algún compromiso después del trabajo, los cuales solían ser bastante frecuentes. Por supuesto que la colonia también debía coincidir con la indumentaria del día, igual que el reloj, la correa y los calcetines. Y siempre, después de todo el ritual del aseo mañanero, Enrico se volvía a mirar al espejo para asegurarse de que todo en él estuviera impecable.

Esa mañana, sin embargo, Enrico tuvo una revelación. "Hm... estas canitas que tengo encima de las orejas se veían interesantes al principio, pero cada vez son más y ya no me gustan tanto. Creo que me las teñiré de negro como el resto de mi pelo" dijo para sus adentros mientras se admiraba en el espejo una vez más. "Déjame pasarme el peine de nuevo antes de irme" pensaba, cuando de pronto sintió un escalofrío de la cabeza a los pies, al descubrirse dos entradas con escaso cabello que partían desde su frente rumbo a la coronilla.

—¡Santo Dios! ¿Cuándo se me cayó el pelo así, que ni me he dado cuenta? —gritó del susto mientras escudriñaba milímetro a milímetro la zona erosionada—. ¡Qué horror! ¡Qué desgracia! ¿Qué hago ahora? No me quiero quedar calvo, soy demasiado joven... —continuaba, mientras aquella ola fría volvía a subir por su piel, agitando sin piedad todas y cada una de las terminaciones nerviosas ancladas en ella.

Al tranquilizarse se pasó una toallita húmeda por la frente y el cuello, se volvió a poner algo de colonia, se peinó de la mejor manera para ocultar el desastre recién descubierto y se fue a trabajar. "Esto es insoportable; seguro que todos verán las enormes embocaduras sobre mi frente, y eso que me puse todo el cabello encima" pensaba mientras se miraba las entradas en el espejo de la pestaña del piloto en su BMW azul metálico último modelo. "No es justo, solo tengo 45 años y además tengo vellos en el resto del cuerpo; ¿por qué se me están cayendo justamente de la cabeza y no del pecho o la espalda?" se preguntaba; "soy guapo y no puedo dejar que esto me arruine la vida... ¿qué pensarán mis amigos, mi familia y la gente del trabajo, que estoy envejeciendo de repente? ¡No puede ser! Tengo que hacer algo al respecto".

Al llegar a la empresa, se encerró en su oficina para que nadie lo viera. Intentó trabajar por la mañana sin mucho éxito; no se podía concentrar de solo pensar que estaba perdiendo el cabello y que eso dañaría irremediablemente su reputación en el círculo en que se movía. Canceló el almuerzo con su grupo de trabajo con la excusa de que debía terminar algo que no pudo hacer porque llegó con algo de retraso, y por la tarde llamó a sus amigos del club para avisarles que no podría acompañarlos en esa oportunidad. También llamó a su amigo César, el estilista que le mantiene el pelo y la barba perfectos cada mes. César es el hijo del barbero del señor Lupini, el padre de Enrico. César comenzó a trabajar con su padre desde que era adolescente, estudió peluquería y estilismo y luego se independizó, abriendo su propio instituto de estilismo y estética unisex.

—Hola César, es Enrico.

—¡Hola guapo! ¿Cómo estás? Vas a venir en dos semanas, ¿no?

—Necesito verte hoy, César. Tengo un problema gravísimo.

—Pues pasa por aquí al salir de la oficina, ¿sí?

—Muchas gracias, allí estaré —dijo Enrico aliviado. Estaba seguro de que César le ayudaría, como siempre. Al fin y al cabo, era su mejor amigo.

Enrico esperó a que la oficina se vaciara y se aseguró que no quedara ningún cliente en el salón de César antes de correr el riesgo de que alguien lo viera. Tocó el timbre y su amigo le abrió la puerta.

—Hola guapo, ¿por qué llegaste tan tarde? Estaba a punto de cerrar...

—Hola César; no quería que nadie me viera en este estado... estoy desesperado.

—¿Qué te pasa? ¿De qué estado me hablas? Yo te veo muy bien, como siempre.

—¿Pero cómo me dices eso? Mírame bien; mírame el pelo, para ser más exacto.

—¿Qué tiene tu pelo? Te lo corté hace apenas dos semanas, yo lo veo perfecto.

—¡¿Perfecto?! ¿Cómo "perfecto"? ¿Es que te estás volviendo ciego? Mira aquí, mira —dijo Enrico inclinando un poco la cabeza—, ¡me estoy quedando calvo!

—¿Calvo? ¿Estás loco? No te estás quedando calvo Enrico; estás igual que siempre.

—¡¿Qué?! ¿Qué quieres decir con eso? ¿No ves las enormes entradas que tengo aquí? —preguntó Enrico, señalando los dos caminos que partían desde su frente hacia atrás con destino aún desconocido.

—Pero Enrico, si tú tienes esas entraditas desde hace mucho tiempo, ¿acaso no lo sabías?

—¡Estás equivocado! ¡Nunca he tenido entradas, y mucho menos de ese calibre! Y si fuese verdad, ¿por qué nunca me dijiste nada?

—Pensaba que era obvio. Además, no es nada realmente grave; fíjate que con el corte que tienes lo puedes disimular perfectamente.

—¿Pero qué quieres que disimule si me estoy quedando calvo!

—Ay Enrico, no exageres; aún falta mucho para que puedas hablar de calvicie…

—Vine a que me ayudes, amigo. Tienes que decirme qué puedo hacer para impedir que se me siga cayendo el pelo. Tú eres el experto en esto.

César lo miraba sorprendido; no entendía qué le pasaba a su amigo tan de repente.

—A ver… dime cómo te puedo ayudar —dijo luego de unos segundos interminables.

—No lo sé, tú eres el que sabe de estas cosas… ¿habrá algo, una crema o loción, no sé, algo que pueda hacer para que me crezca de nuevo el pelo?

—Bueno, en el mercado hay unos productos que se supone frenan la caída del cabello y algunos incluso promueven el crecimiento del pelo en cierta medida; solo tienes que usarlos según las instrucciones y en unos cuantos meses deberías ver la diferencia…

—¿Qué? ¿Unos meses? ¡No no no no no noooo…! Tiene que ser una solución mucho más rápida; mira que si no, se me termina de caer lo que aún me queda…

—Pero querido, ningún producto comercial tiene un efecto tan inmediato; tienes que esperar a que el cuerpo despierte y participe en el proceso, tú me entiendes, ¿no?

—Entiendo, pero eso no me resuelve el problema. Mira César, estoy consternado. En serio, no sé qué hacer. Tú tienes que conocer algún truco o algo así; ¿acaso no se aprende nada de eso en la escuela de peluquería?

—Bueno, hay ciertas cosas que uno aprende…

—¡Ajá! Entonces sí sabes algo, ¿cierto?

—Algunas cosas las aprendí en la escuela de peluquería, otras por experiencia propia y también hay cosas que pasan, aunque no se sabe bien la razón. Fíjate, por ejemplo: los peluqueros y barberos aprenden en la escuela que si se saca un vello de raíz, ese folículo piloso se triplica y nacen tres vellos del mismo folículo, pero si se saca una cana, salen siete.

—¿En serio? ¡Qué horror, con lo que me espantan las canas! Ay, y hablando de canas: quiero que me tiñas de negro estas que tengo encima de las orejas; creo que me hacen ver viejo.

—Como tú quieras, Enrico. Pero tú sabes que no te ves viejo; más bien estás en tu mejor momento y te ves divino.

—Tienes razón, pero igual prefiero teñirlas. ¿Lo puedes hacer ahora que ya estoy aquí? Por favor…

—Está bien; como prefieras. Siéntate aquí.

—Entonces, ¿cómo es eso de que si me saco un pelo de raíz me saldrán tres? ¿Estás seguro?

—Claro que sí, y hasta lo he comprobado. Tú mismo sabes que nunca se debe cortar el pelo durante la luna menguante porque se debilita y tiende a caerse; hay que hacerlo en cuarto creciente para que crezca más sano y mejor, ¿cierto? Bueno, no me preguntes por qué, pero si se saca el vello de raíz en luna creciente, salen más de tres y el proceso es más rápido. Ahora, si lo haces en luna llena, salen aún más y es instantáneo. Pero hay que hacerlo con cuidado, porque si la raíz queda dentro, el folículo no se multiplica y tan solo vuelve a salir un vello nuevo pero más débil. Así que tienes que hacerlo con una pinza de cejas que tenga buen agarre. Toma, te regalo esta.

—¡Gracias, me has salvado la vida, hermano!

—Es un placer, guapo. Ya estás listo; quedaste divino. ¿Te espero en dos semanas entonces para recortarte en cuarto creciente, como siempre?

—Claro que sí. Mientras tanto, encontraré alguna manera de esconder estas horrorosas entradas...

Era octubre y la luna estaba en pleno cuarto menguante, cada noche haciéndose un tanto más delgada mientras se recostaba cansada en el firmamento lleno de estrellas. Enrico salió del estudio de César con una esperanza y un propósito firme, apretando en el bolsillo del pantalón la pinza que le devolvería su apariencia perfecta; joven y masculina. La noche estaba fresca y despejada, invitando a respirar profundo a medida que el cuerpo y la mente se tranquilizaban poco a poco.

Los días pasaron más lentos que nunca. Al tiempo que la luna se desintegraba hasta desaparecer, para luego imponerse lenta y segura de sí misma, Enrico solo pensaba en aquellas dos carreteras abriéndose paso inevitablemente entre la espesura cada vez más delgada de lo que llegó a ser su mayor atractivo, igual como sucedía con la selva amazónica. Se dejó crecer un moderno candado y se peinaba con gel para asegurarse de que el pelo que colocaba encima de sus dos únicas imperfecciones se mantuviera en su lugar durante todo el día y la noche. Esas dos semanas se convirtieron en la cuenta regresiva más larga de toda su vida. Manejaba la ansiedad haciendo más ejercicio que nunca, comprando ropa y comiendo únicamente en restaurantes de chefs reconocidos. Por suerte, nadie parecía haber notado aún eso tan terrible que le pasaba y, así, conseguía algo de sosiego.

Al fin llegó el día de ir nuevamente al salón de César: viernes 26 de octubre; luna creciente. Enrico no podía contener la emoción; comenzaría el tratamiento con la pinza apenas regresara de su corte de pelo mensual. Su amigo lo animó y le deseó mucha suerte, recordándole una vez más de qué manera debía sacarse los vellos.

—Muy bien guapo, te veo en un mes para recortarte la melena que tendrás —le dijo en el umbral de la puerta.

—Por supuesto que sí —respondió Enrico mientras subía a su carro.

Al llegar a su casa se puso ropa cómoda y preparó un whisky para relajarse. Estiró las piernas en el sofá mientras repetía el mantra "Enrico, Enrico, de todos los hombres tú eres el más rico" al repasar una y otra vez los consejos de César. Cuando se sintió listo tomó la pinza de cejas y fue al baño, donde lo esperaba su amigo el espejo y la mejor iluminación de toda la casa. Vio su expresión circunspecta y automáticamente disimuló, tal como lo venía haciendo durante las últimas dos semanas cada vez que notaba que alguien lo miraba con más detenimiento. Se sentía tan inseguro y frágil que esquivaba su propia mirada. "Es el momento de volverme 'yo' de nuevo" pensó al detallar la pinza en su mano. "Aquí voy".

—A ver por dónde comenzamos, Enrico — le dijo a su doble en el espejo—. Supongo que de atrás hacia adelante, para ir reforestando desde donde todavía hay vello... —razonó al empuñar firmemente la pinza salvadora en su mano diestra, mientras apartaba el cabello de la entrada derecha con la otra mano, exponiendo lo que él veía como una tala devastadora—. Uno por aquí... ¡huy!, duele más de lo que creía... ¿Será que saqué la raíz? Ah, sí, aquí está... Bueno, sacaré unos cuantos de cada lado, treinta tal vez, a ver cómo me va —hablaba en voz alta para sentirse más apoyado.

Esa noche casi no pudo dormir, pensando en cuándo se verían los resultados del tratamiento. A la mañana siguiente se levantó con prisa para revisar las entradas pero no vio ningún cambio, tan solo notó con horror que le faltaba más pelo de cada lado. "Treinta, para ser más exacto" declaró su conciencia. Frustrado, se volvió a peinar tapándose aquellos senderos en dirección a su coronilla, se puso una gorra y se fue a correr al parque, abstraído en lo que alguna vez fue su abundante y negra cabellera. No llamó a nadie; pasó el día completamente solo y se fue a almorzar a Chez André, el restaurante más caro de la ciudad. "Esto es terrible" pensaba mientras comía. "¿Por qué no veo una mejoría? ¿Será que los vellos tardan más de un día en salir? Sí, seguro es eso" decidió al fin, "volveré a intentarlo esta noche".

El espejo lo esperaba en el baño iluminado como un estadio. Enrico entró armado de su pinza seguro de lo que tenía que hacer y dónde. Se saludó con el mismo amor y la sonrisa perfecta de siempre, se vio guapo y comenzó el procedimiento arrancando de raíz aquellos cabellos que bordeaban las ya más profundas veredas. De nuevo sacó unos treinta de cada lado, limpió bien y se puso crema humectante, igual que la primera noche. Al terminar, se sirvió un trago y se recostó en el sofá, donde el agotamiento y el estrés lo vencieron irremediablemente.

La luz del sol lo despertó casi al mediodía. El espejo no le contó nada nuevo acerca de la humillante situación en que se encontraba, y otra vez se fue a correr intentando espantar de algún modo la angustia de querer ver resultados rápidos. En casa, sin poder pensar en otra cosa, esperó lánguido a que las manillas del reloj se movieran lo suficiente para continuar con el tratamiento. Ya de noche su reflejo le dio la bienvenida en el baño, mirándolo con una mezcla de angustia y desconcierto que Enrico no podía soportar, así que optó por disimular una vez más y no se volvió a ver a los ojos esa noche.

—A ver, a ver... —dijo en tono casual—, ¿será que hoy tendremos alguna sombra de vellos por aquí? —se preguntó en voz alta, ignorando al que imitaba cada uno de sus movimientos—. Hm... no se ve nada aún; supongo que esperaré otro día más.

Y se dispuso a sacarse otros treinta vellos más de cada lado, con la esperanza de que todo su esfuerzo tuviera una pronta recompensa. Cuando estuvo listo, confrontó al otro Enrico y afirmó en tono categórico: —Estoy seguro de que muy pronto aparecerán los cabellos nuevos.

A pesar de la gran convicción que mostró la noche anterior, el lunes recibió a Enrico convertido en un solo manojo de nervios. Luego de otra desilusión matutina frente al espejo del baño, tomó su auto y fue al trabajo con un nudo en la garganta. Una vez más se escondió de todos lo mejor que pudo, disimulando las ausencias en el almuerzo y el bar con excusas de exceso de trabajo. Apenas se fue el último empleado, Enrico partió apurado a su casa para continuar el tratamiento. Después de repetir su singular rezo de reafirmación como parte de la ceremonia de reencuentro consigo mismo, revisó las veredas cada vez más despobladas en busca de algún rastro de vellos y cuál fue su sorpresa al ver, al fondo, lo que parecía un sembradío de semillas de amapola. ¡Sí funcionaba! Casi no lo podía creer; llegó a contar más de cien puntitos grises que muy pronto saldrían a la superficie como fuertes cabellos negros. En medio de su euforia, tomó su nuevo instrumento preferido, buscó dónde le gustaría tener algo más de pelo y se hizo a la tarea de sacarse varias decenas de vellos simétricamente, con todo y raíz. "Creo que sería bueno poblar un poco más las patillas" pensaba, "¡Ah! Y por aquí, encima de las orejas también".

La siguiente mañana amaneció bella, fresca y despejada, igual de descansada que Enrico. Temprano revisó su huerto cefálico, maravillándose al ver que los cientos de puntitos comenzaban a germinar, atravesando la fina epidermis como minúsculas lanzas de un diminuto ejército de ébano. Su alegría era inmensa; al fin solucionaría su grave problema. "Si solo pudiera ser todo más rápido…" le confió al doble que lo miraba fijamente desde el espejo y partió, con ánimos renovados, a conquistar el mundo.

A pesar de que una nueva sonrisa se había mudado a su rostro, Enrico aún no se sentía totalmente satisfecho. Como buen administrador, sabía que los resultados eran de calidad pero ansiaba también un buen rendimiento en un tiempo corto. No le gustaba tener que esperar; eso era algo que siempre le había molestado, desde que tenía memoria. Esa noche saludó a su otro yo sin muchos aspavientos, recitó una versión resumida del mantra y revisó el cultivo capilar que tanto trabajo y tiempo le estaba costando. Luego aprovechó para sacarse unos cuantos pelos del cerco y así bajarlo un poco más, y ya que estaba en esos menesteres, hizo lo mismo con algunos vellos del pecho, quedándose dormido un tanto más tranquilo.

Los vellos iban creciendo al ritmo de la luna, que cada noche se volvía un tanto más redonda. Por fin la reforestación tomaba cuerpo, siempre un poco más rápido. Sin embargo, Enrico se estaba volviendo cada vez más exigente. El miércoles casi ignoró a su reflejo, murmuró algo para salir del paso y, ansioso, se dedicó a lo que le interesaba. Maravillado por unos instantes, revisó los sembradíos que germinaban en diversas zonas de su cabeza y pecho. Poco después, con el mismo ojo crítico, exigente y perfeccionista que usaba en asuntos de trabajo y pareja, analizó sus brazos, piernas y rostro, buscando diseñarlos de nuevo con una cubierta de vellos extremadamente masculina e irresistiblemente atractiva. Acto seguido, tomó la adorada pinza y comenzó a hacer realidad sus sueños de belleza más íntimos. "Ay Enrico, siempre has sido el más riquito, pero pronto serás además el más perfectito de todos toditos" pensaba al arrancarse cada pelo de raíz y finalmente caer rendido por el sueño.

Por la mañana, el espejo le dio a Enrico un regalo inigualable: los vellos que se había sacado la noche anterior ya habían nacido y se veían muy sanos. El resto del pelo nuevo crecía fuerte y abundante, tapando cualquier imperfección que hubiese tenido en algún momento.

—¡Qué increíble! —le dijo al otro Enrico—. ¡Esto funciona tan bien que definitivamente lo voy a usar para perfeccionar aún más mi imagen! ¡No puedo esperar para ver los resultados maravillosos que tendré cuando termine el tratamiento! —comentó, y salió presto a la oficina esperando que lo admiraran.

Y así mismo fue. Pero mientras más cumplidos le hacían todos en la empresa y el club, más ansioso se ponía. "Ellos piensan que me veo guapísimo ahora; espera a que me vean cuando esté listo" decía la voz de su conciencia. "No puedo perder tiempo, ¡quiero ser perfecto ya!" declaró para sus adentros.

Al llegar a casa, sin ninguna clase de preámbulos fue directo al grano; tomó la pinza y continuó la tarea que había comenzado la noche anterior. Decidió también que era una buena idea sacarse los vellos que tenía desde antes, para cambiar la pelambre por completo. La pinza se había convertido en un objeto sagrado y místico; con ella llegaría a la ansiada perfección estética que siempre había buscado.

Cada noche el procedimiento tardaba más por la cantidad de pelo que Enrico debía sacar de raíz persiguiendo su canon de belleza masculina. Su angustia era inversamente proporcional a las horas de sueño que le quedaban por la terapia y el estrés que lo acompañaba irremediablemente. El cansancio era tal que en los últimos días incluso había mermado en algo su otrora voraz apetito; Enrico ansiaba terminar pronto el tratamiento para volver a ser el de antes, pero obviamente mejorado. La impaciencia testaruda e irrespetuosa que experimentaba no lo dejaba pensar en otra cosa que no fuera acabar el trabajo comenzado con la más alta calidad y rapidez posibles. El poco tiempo que dormía tampoco era suficiente para descansar el cuerpo ni la mente; incluso en sueños se veía con el adorado instrumento frente a su gran amigo de siempre, hurgando en su cabellera, buscando la base de algún cabello que debía salir de inmediato de la piel.

Enrico se levantó al poco rato de haberse acostado, pero no se sentía tan cansado como los días anteriores. "Supongo que me estaré acostumbrando" pensó mientras preparaba café. En el baño, saludó a su reflejo casi por compromiso y se dio a la tarea de detallar cada milímetro de su persona, analizando minuciosamente los resultados del tratamiento salvador. Más tarde, en el trabajo, la ansiedad lo tenía mirándose al espejo cada dos por tres, asegurándose de que todo marchaba bien. Fue a almorzar solo; pidió una tontería porque no tenía apetito y de regreso a la oficina volvió a pasar por el baño para verse cada vez más guapo... ¡y eso que aún no estaba totalmente listo! Perdió toda la tarde absorto mirando la pinza y visitando el baño. No podía concentrarse en nada que no fuese su cabellera, él, la pinza, él, la pinza, sus vellos, él, su cabellera, la pinza, él... Ya ni sabía lo que pensaba o sentía; estaba embriagado de su problema, del tratamiento, de los resultados, del rendimiento, de la rapidez y de su canon de perfección masculina. Era inútil, en ese estado no tenía sentido intentar nada más en la oficina; además era viernes y los amigos lo esperaban en el club para relajarse de la dura semana laboral. Así que decidió dejarlo todo para el lunes, tomó su BMW y se fue al lugar de siempre.

Casi no hacía falta encender las luces del carro porque la luna servía de faro. De un amarillo encendido, estaba completamente redonda y tan enorme como nunca la había visto en toda su vida. Estacionó, y al caminar hacia el bar se detuvo unos instantes para detallarla. Miró los cráteres y se maravilló con el halo que tenía alrededor; un velo sedoso que le daba una cualidad extremadamente sensual e inquietante.

Sus amigos lo esperaban como de costumbre. Enrico saludó, pidió un whisky e intentó entablar una conversación, pero se sentía inexplicablemente incómodo entre tanta gente. "¿Por qué no dirán nada sobre mi aspecto? Las entradas que tenía ya desaparecieron y creo que estoy mejor que nunca, ¿será que me veo mal y no me lo han querido decir?" se preguntaba en silencio mientras veía moverse los labios de sus interlocutores sin escuchar una sola palabra de lo que le contaban. La angustia lo carcomía, así que decidió ir al baño para averiguar la causa de tal indiferencia.

La pinza era su amuleto; apretándola fuertemente dentro del bolsillo del pantalón fue esquivando hombres y mujeres hasta llegar a los baños. Una vez frente a la puerta, respiró profundamente y dejó salir un largo suspiro que no le sirvió para tranquilizarse. Estaba demasiado alterado y ni él mismo entendía por qué; solo sabía que debía examinarse una vez más. Entrando, cerró la puerta con seguro para que nadie lo interrumpiera y se enfrentó a su doble en el espejo. Aparte de la luz de un par de bombillas amarillentas, el baño estaba iluminado por un rayo de luna que entraba franco por una ventana alta y estrecha. El ruido de afuera se amortiguó de tal manera que solo se percibía un leve rumor de fondo. Y en medio de esa soledad aplastante, se quitó la ropa para estudiar cuidadosamente su varonil cuerpo. De alguna forma sentía que se enfrentaba a un jurado severo, inflexible, que no le perdonaría la más mínima falla. Así, el Enrico virtual le fue mostrando una por una las mil imperfecciones que aún tenía en su humanidad.

—¿Pero cómo puede ser que todavía no haya logrado la perfección absoluta? —le dijo desmoralizado— ¿Será que nunca la lograré?

El reflejo lo ignoraba y Enrico comenzaba a impacientarse. Por unos momentos intentó encontrar la mirada del otro, pero le fue imposible. Al final se dio por vencido. En el fondo sabía lo que tenía que hacer.

En el bolsillo del pantalón, la mano húmeda y nerviosa encontró la pinza que acabaría con todos sus problemas. La apretó con fuerza entre los dedos, la volvió a tocar como reconociéndola al tacto y finalmente la sacó a la luz para usarla una vez más. Al ver la pinza en su mano, recordó lo que le había contado César, que en luna llena el proceso tenía un mayor rendimiento y era instantáneo. Así que decidió probar suerte con este último recurso.

—Esta vez tiene que quedar impecable —le confió a su inconmovible doble, que no tenía la menor intención de reaccionar ante él. Y comenzó a sacarse cabellos de varias partes de la cabeza. Como ya tenía experiencia, tomaba pequeños mechones con la pinza, arrancándolos de un tiro con todo y raíz. La respuesta no se hizo esperar; apenas sacaba un ramo, otro mucho más poblado y fuerte aparecía en su lugar, colonizando los bordes y zonas aledañas. Aquella manifestación hizo que Enrico se entusiasmara a tal grado, que comenzó a arremeter contra todo su cuero cabelludo. El frenesí era tan intenso que no tuvo reparos en atacar pecho, espalda, brazos y piernas; todo se iba cubriendo de una pelambre gruesa y densa. En medio de aquel arrebato la mano comenzó a moverse por iniciativa propia, sin nada que la pudiera detener. De pronto se dirigió a su rostro, sacando con rabia los pelos de la barba como si fuesen malezas en el jardín. Nada parecía poder escapar a la pinza de Enrico Lupini: ni sus cejas, ni los pelos de las orejas, ni los de la nariz; era una lucha sin cuartel y él se encontraba impotente en medio del fuego cruzado. Mientras más pelos eliminaba de cuajo, más intensa era la reacción, tapando rápida e inevitablemente todo su cuerpo. Tan fuerte era el impulso de continuar aquella tarea, que cayó en una especie de trance: arrancando, arrancando y arrancando más aún. Arrancando y creciendo, y arrancando de nuevo… y creciendo más por todas partes. Poco a poco la masa de pelo fue invadiendo sus ojos y oídos, impidiéndole ver y escuchar, al tiempo que la boca y la nariz resultaban colonizadas sin que pudiera hacerse nada por impedirlo. Delirante, en aquel estado oscuro y sordo, al sentir que cada vez se le hacía más difícil respirar, Enrico se arrancó salvajemente los pelos de la nariz, solo para que los sustituyera una pelambre impenetrable. Comenzó entonces a respirar por la boca, pero solo durante un rato corto, porque ya la barba entraba inexorable por sus fueros, como lo hace la marea alta en una cueva de playa…

Vania

¿Usted me reconoce? Soy Vania, la famosa modelo de ropa interior femenina. Vine a esta linda isla de vacaciones por una semana, y ahora que debía regresar a Nueva York para cumplir con unos importantes compromisos de trabajo, resulta que me he quedado atrapada en este pequeño aeropuerto con toda esta gente extraña. El resto de mi grupo regresó ayer a Nueva York, pero yo me quedé una noche más porque conocí a Jamid, un modelo jamaiquino demasiado guapo para dejarlo pasar. La atracción fue instantánea y recíproca; nos conocimos en la piscina del hotel y a la media hora ya estábamos en su habitación, regodeándonos en nosotros mismos. Éramos el complemento absoluto del otro; dos exponentes sublimes de nuestras razas, nuestros rasgos, nuestros colores. La perfección física llevada a su máxima expresión. Jamid es bello, por eso combinamos tan bien. Y es que en la vida, la estética lo es todo.

Como siempre, me fui antes del amanecer. Nunca me quedo la noche entera; no tendría nada que decir al día siguiente. Hay quienes dicen que no tengo nada dentro y me tildan de hueca. Me imagino que a Jamid le pasa igual. Creo que a todos nos sucede. ¿Pero qué tanto hay que hablar con un perfecto desconocido? A nadie le interesa otra cosa sino pasarla bien, sentirse deseado y disfrutar el momento. Eso es lo más importante.

Al otro día me levanté con sueño, desayuné, hice mi maleta y me senté a asolearme un poco antes de tomar el avión de las seis de la tarde. Me encanta estar aquí; se respira la libertad en el ambiente. Los lugareños son amables y divertidos; son los típicos latinos que nos ven como si fuésemos exóticos, cuando en realidad los exóticos son ellos. Tanto los hombres como las mujeres me miran deslumbrados; pero sobre todo los hombres. Parece que me desvistieran con la vista. Me encanta sentir todos esos ojos en mi tez perfectamente bronceada; incluso creo percibir su tacto un tanto áspero sobre mi delicada piel.

Desde que llegué no salí más del hotel. No me hizo falta. Ahí tenía todo lo necesario para pasarme no una, sino muchas semanas: playa, piscina, gente bella, restaurantes, bares, casino, tiendas, conexión de Internet, televisión por cable y actividades recreativas de todas clases. Siempre que puedo escojo este tipo de hotel con todo incluido; es muy práctico ya que no tengo que desplazarme de un lugar a otro para nada; no tengo que mezclarme con los lugareños ni perderme entre las calles de países extraños. En el hotel estoy segura; nadie me va a asaltar por ser rubia o bella. Ahí puedo estar tranquila.

Pero ahora me encuentro encerrada en el aeropuerto más pequeño y más atiborrado que he visto en mi vida, todo por ese estúpido huracán que vino a desbaratarme el regreso a casa. Ya llevo unas horas aquí, pero los encargados de la seguridad dicen que la situación puede mantenerse igual durante tres o cuatro días. El huracán apenas está llegando. Menos mal que tengo mi celular, mi iPod y mi BlackBerry conmigo, así puedo hablar con mis amigos y avisar que estoy varada pero que me encuentro bien, a pesar de que voy a tener que acampar en el aeropuerto junto a estos desconocidos. ¡Qué horror, damnificada yo, con tantas cosas que debo hacer en Nueva York!

Los funcionarios de emergencias repartieron mantas, agua y algo que parecía comida. Como se veía horrible, se la regalé a otro. Dormí sentada en una silla. Bueno, no puedo decir que haya dormido; pestañeé un poco y descansé algo las piernas. Ojalá que no me salgan várices por estar todo el tiempo de pie y sentada en malas posturas. ¡Qué desgracia!; espero que termine de pasar pronto el huracán y su cola para largarme ya de aquí. Quiero darme un baño imperial en el spa de la avenida Madison, que me den un buen masaje y me hagan la pedicura, la manicura y una limpieza profunda de cutis. Mi cutis de porcelana, que está sufriendo por la falta de loción limpiadora y crema humectante, y por el calor que estoy pasando.

Voy al baño de mujeres. Tras una interminable espera para usar el inodoro y otra larga fila para el lavamanos, me encuentro delante del espejo dispuesta a lavarme la cara y cepillarme los dientes y, ¿qué descubro? ¡Una verruga! Una protuberancia redonda, blanca y áspera. ¡En el transcurso de la noche me salió una verruga en pleno pómulo! Casi me desmayo del susto; es lo peor que me ha pasado en la vida. Debe haberme salido por la preocupación y los nervios de quedarme aquí sola, en medio de esta gente. Claro, no es para menos, si ni siquiera he comido, no me he podido cambiar de ropa y se me acabó la batería del celular.

¡Dios mío, parezco una bruja de cuentos de hadas! Tengo la verruga más fea que existe. ¿Qué puedo hacer ahora? Yo, que poseo la piel más tersa del mundo, que no tengo ni una sola imperfección; jamás me he cortado siquiera, ni una sola peca altera mi suave cutis ni la satinada piel de mi cuerpo; nunca me ha salido una espinilla, nada; de repente me veo al espejo convertida en un abominable monstruo, una criatura horrible, deforme y maloliente encerrada en este fin de mundo. Esta verruga asquerosa es más de lo que puedo soportar; tengo que eliminarla, pero ¿cómo? Las medicinas que se usan para eso me dañarán la piel y no puedo permitírmelo. Si me la opero me quedará una

211

cicatriz en la cara y tendría que hacerme una cirugía plástica. ¡Qué terrible!, yo que nunca me he tenido que operar de nada; mi cuerpo siempre fue perfecto. Vivo por mi apariencia y de mi apariencia. No sé hacer nada más y no quiero hacer otra cosa que no sea modelar. Soy bella, lo sé, y quiero seguir siéndolo por siempre. Esta verruga tiene que desaparecer cuanto antes; si no, no podré cumplir el contrato que firmé hace dos semanas para el comercial que vamos a grabar en Tahití. Mi prioridad es la estética; ahora tengo que averiguar cuáles son mis opciones.

Pasan las horas y por fin llega el ojo del huracán. La gente me mira. Esos mismos lugareños que antes admiraban mi belleza, ahora me ven con curiosidad. Están viendo mi verruga, lo sé. Siento cómo los dardos de sus ojos dan exactamente en el blanco redondo y áspero que se eleva desde el elegante ángulo de mi pómulo izquierdo, convertido ahora en un campo minado. ¡Qué cruel puede ser la humanidad! Antes me adoraban y ahora me aborrecen. Pasé de causar placer a la vista, a producir repugnancia en las vísceras. ¡Oh, infeliz de mí! Cuánto ansío estar sola en este momento, sin nadie que sea testigo de mi desesperación.

Me refugio en mi silla recogiendo las piernas para esconder mi cara entre las rodillas. Miro a mi alrededor. Entre la muchedumbre veo un rostro que me parece conocido. Observo un rato con detenimiento, intentando recordar quién es. ¡Ah sí!, es el jamaiquino de la otra noche, ¿cómo se llamaba? No logro dar con su nombre. Y a fin de cuentas, ¿para qué me quiero acordar? Solo espero que no me vea en este estado. Me aseguro de disimular mi cara de nuevo entre las rodillas y, al hacerlo, puedo sentir la verruga pinchando mi dermis como una molestia indeleble e irremediable. Me siento como la princesa del guisante; no puedo vivir así.

El hombre que se sienta en la silla de al lado ha intentado entablar conversación conmigo repetidas veces, pero yo le contesto invariablemente con la única frase útil que aprendí a decir antes de venir aquí: "No habla espaniol". Con eso he logrado mantenerlo a raya y he evitado que me moleste. ¿Para qué pudiera yo querer hablar con él? Y sobre todo: ¿de qué, si no tenemos siquiera algo en común? Tiene alrededor de cincuenta años, es medio calvo, gordo, con una barriga que le cuelga por encima del cinturón. En cambio yo soy joven y bella. Bella… bueno, lo era hasta anoche. Ahora me siento como un aborto de la naturaleza, pero todo volverá a la normalidad en cuanto llegue a casa y me deshaga de esta impertinente verruga.

La comida que repartieron hoy ya no se veía tan asquerosa, así que me la comí. Volví a intentar dormir en la incómoda silla de la que me apropié ayer, cuando todo esto empezó. Otra noche de nervios y falta de sueño. No puedo descansar así. Al menos el ojo del huracán ya pasó, así que espero que esto acabe de una vez por todas. A ver, ¿y si estiro las piernas así?

No pude dormir pensando en la verruga. Me da terror asomarme al espejo del lavabo, pero es inevitable ya que no puedo descuidar mi aseo personal. Al llegar mi turno, me acerco con miedo solo para confirmar, espantada, lo que había venido sospechando desde hacía algunas horas: la verruga está más grande. Fue creciendo junto con mis nervios a medida que pasaba el tiempo. No aguanto más esta situación. Me volveré loca si no logro salir pronto de aquí.

Regreso a mi silla en un estado de ansiedad que nunca antes había experimentado. De reojo veo la meseta que se alza groseramente sobre el horizonte de mi otrora exquisita piel. Puedo sentir cómo se va haciendo cada vez mayor; incluso percibo el aumento de su peso sobre los músculos de mi cara. Hasta ahora me he controlado bastante bien para no echarme a llorar, pero he llegado al límite de lo que cualquier ser humano puede resistir. Súbitamente, todo mi dolor y sufrimiento se revelan en esas lágrimas atropelladas que brotan mudas con la misma fuerza con que soplan los vientos del huracán. Menos mal que nadie más se da cuenta.

Sigue pasando el rato y yo clavada en mi asiento, dándole ahora tiempo a mis ojos para que desaparezca la hinchazón que dejó el llanto. Mi cuerpo sabe instintivamente que no debo llorar porque después me veo horrible, así que nunca lo hago. Pero hoy no lo pude evitar; esto es más grande que yo. Me comparo con la comida que nos dan los voluntarios de emergencias: es casi incomible, pero me la trago porque no me queda más remedio.

Esta ya es la tercera noche de tortura, sin poder conciliar el sueño y con dolor en todos los músculos de mi cuerpo por lo incómodo y lo limitado de esta silla. Bueno, al menos tengo una silla; la mayoría de la gente está sentada en el suelo y duerme encima de las mantas que nos repartieron el primer día. Como en todos los aeropuertos, aquí también escasea el mobiliario para sentarse; tuve mucha suerte de encontrarme cerca de esta silla cuando cerraron las puertas y nos avisaron que tendríamos que quedarnos refugiados aquí. Intento cerrar los ojos y pensar que ya falta menos para regresar a mi apartamento en Manhattan, pero cada vez que me paso la mano por la mejilla siento el intruso e irregular bulto que me ha causado tanta desdicha y desasosiego, y que ha convertido mi vida en un infierno.

A la mañana siguiente me armo de valor y me dirijo de nuevo al baño. Ya no hay nada que pueda sorprenderme; todas las pesadillas de mi vida se han convertido en realidad en estos últimos dos días. La verruga continúa creciendo y volviéndose cada vez más repulsiva. Me cepillo los dientes intentando no prestar atención al murmullo de las demás mujeres que no dejan de mirar mi imponente verruga, cuando escucho el anuncio por los altavoces diciendo que ya estaba pasando la cola del huracán. Al menos una buena noticia; esto significa que falta menos para llegar a casa.

De vuelta en mi precario asilo oculto mi rostro detrás de una revista turística que me llevé del hotel. Hay un artículo sobre unos sitios históricos en la isla. No me interesa, pero las fotos están bonitas. ¿Dónde será eso? Seguro que queda lejos del hotel.

Mientras consumo mi ración de alimentos para pasar la noche pienso en los manjares que me esperan en Nueva York. Me preparo para otro desvelo forzoso recordando mi gran cama de agua, la que tengo en la habitación de los espejos. Cada vez es más difícil cubrir la verruga; su presencia se impone en mi cara como el Peñón de Gibraltar. Ya no puedo hacer nada, lo mejor es adoptar la posición más cómoda en el momento, para ver si por lo menos duermo unos minutos.

Al fin salió el sol. La lluvia está cesando lentamente. Los encargados de la seguridad nos dicen que ya pasó el huracán, y que ahora se dirige a la siguiente isla. Por la radio de otra vecina de silla escucho que hay inundaciones y destrozos en distintas zonas. Menos mal que ya falta poco para salir de aquí. El destrozo de mi cutis es igual de importante y tengo que hacerme cargo de él; no puedo esperar más en este campo de refugiados improvisado.

Poco a poco va cambiando el ritmo de los últimos días. La gran masa de gente se mueve hacia los baños y de regreso a su sitio de acampada para recoger sus cosas. Algunos lugareños miran mi enorme verruga con interés, otros pasan de largo y ni me ven. Entonces me siento como si fuera invisible, y eso tampoco me gusta. Prefiero ser bella y que me admiren. Me consuela saber que ya falta menos para volver a ser la Vania de hace apenas cinco días atrás; hermosa y estética.

Pronto comienzan a llegar los empleados de las líneas aéreas, y tras un enorme operativo logístico en el que nos reunieron en grupos y nos explicaron con detalle cómo nos harían llegar a nuestros destinos, logro que me den un asiento en el siguiente avión a Nueva York. El vuelo se me hace eterno, después de cuatro días soportando la inclemencia del calor, el hambre y la incomodidad, y sobre todo, teniendo que vivir entre tantas personas que no tienen absolutamente nada en común conmigo.

En el aeropuerto tomo un taxi que me lleva a mi edificio en Park Avenue. ¡Qué nerviosa estoy!; espero que nadie me reconozca con los lentes de sol y la gorra que llevo puestos. Llegamos de noche. Tengo suerte, el portero no está. Dejo mi maleta en la entrada con una nota para el portero y camino rápidamente por el pasillo. Tomo el ascensor, subo al piso 15. Cuando por fin me veo delante de la puerta de mi apartamento, comienzan de nuevo las ganas de llorar. ¡Qué infierno pasé en los últimos días; qué situación tan insufrible y denigrante! Pero ya estoy en casa y ahora todo va a estar bien.

Me doy un largo baño con sales relajantes y llamo a Chez Laureant para que traigan mi comida favorita. Cuando llega, le digo al mensajero que la deje en el suelo donde está el dinero. Por fin comeré algo decente.

Me siento abrumada por tantos mensajes telefónicos y de correo electrónico, así que decido no responder a ninguno. El teléfono suena, pero no atiendo. Ya es muy tarde, al fin dormiré y mañana bien temprano llamo al dermatólogo para que me vea. Ojalá pueda recibirme enseguida. ¡Cómo me tortura tanta espera!

A pesar de que mi cama es muy cómoda, no duermo de solo sentir la insultante verruga y recordar cómo aquel volcán hizo erupción en mi pómulo desprevenido sin que yo pudiera hacer nada para evitarlo. Peor aun, la impotencia con la que la observaba crecer me producía terror; era como si alguien me hubiese hechizado y no existiera nada que lo pudiera neutralizar.

Me levanto hecha polvo y llamo al médico. Por suerte, el hombre comprendió la urgencia de mi caso y me dijo que pasara por allí lo antes posible. Seré la primera persona que atienda hoy.

Una vez allí, el dermatólogo me habla de las alternativas que tengo para eliminar la insolente e inmensa verruga. La opción química, aunque no es invasiva, queda definitivamente descartada porque no puedo darme el lujo de que se me dañe la piel de la cara. No queda más remedio, tendrá que operarla y combinar el procedimiento con cirugía plástica. Tras un profundo suspiro, le digo que estoy de acuerdo y le pregunto cuándo lo puede hacer. "La próxima semana", dice. "¿Qué? No doctor, yo no puedo esperar tanto. Esta cosa crece cada día más, y yo me estoy volviendo loca viendo cómo invade mi cara. Tiene que ser hoy". Al ver la expresión de pavor en mi rostro, el médico comprendió lo grave de mi situación y me dijo que haría lo que pudiera. Revisó su agenda, hizo unas llamadas y por fin me dijo que lo podría hacer al final de la tarde. Le agradecí desde el fondo de mi alma y me fui a casa a alistar las cosas que debía llevar a la clínica. Llamé a mi hermana para que me recoja después de la operación, así no verá el enorme apéndice que apunta hacia el frente desde mi pómulo izquierdo. Todo está listo, me puedo ir.

Los enfermeros me preparan para la operación. Me ponen gas relajante y proceden a comenzar. Me anestesian localmente. Escucho sus voces cada vez más lejanas, y no pasan más que unos segundos cuando ya he caído en un sueño profundo. Entré nerviosa a la sala; es la primera vez que me operan. Pero mi temor se disipa junto con las voces. Cualquier sacrificio se justifica si se trata de preservar la estética.

De repente percibo la incisión en el pómulo izquierdo. Debe ser que la anestesia aún no ha hecho efecto. Me asusto y abro los ojos. El enorme foco quirúrgico me ciega por un momento. Veo las caras del personal de la sala de operaciones, que pareciera reconocerme. "Hola, soy Vania, la famosa modelo de ropa interior femenina", pienso para mis adentros y sonrío al recordar que pronto volveré a ser bella como antes. Cierro los ojos de nuevo, intentando respirar profundamente y relajarme, pero no puedo. Nunca se me había hecho tan difícil tomar aliento. ¿Será que la máquina de oxígeno no funciona? Busco el monitor con la vista, tratando de entender. No pareciera haber ningún problema con el aparato; está encendido y el medidor marca la zona verde.

No sé qué me pasa; siento como si un gran suspiro saliera forzosamente de mis entrañas a través del corte en la cara. No puedo hacer nada. Poco a poco voy perdiendo las fuerzas, mis músculos van colapsando uno a uno. El volumen de mi cuerpo disminuye sin remedio, cada vez más. Ni siquiera puedo emitir un sonido. Por un momento solo se escucha un silbido seco que difunde desde la herida. Los médicos y enfermeros me miran presos del pánico, sin saber cómo reaccionar. "¡Dios mío! ¡¿Qué hacemos, doctor?! ¡Se está desinflando!".

Todos los esfuerzos por impedir la fuga del aire resultaron inútiles; mi ser se fue reduciendo lentamente cual balón pinchado, dejando escapar su esencia. Acabé en blanco. Ahí quedó el cuerpo vacío, plano y arrugado como un traje viejo que ha perdido la forma. Los enfermeros lo pusieron en una nevera mientras esperaban que llegara mi hermana. Y aunque no recuerdo nada más; sé que lo último que alcancé a pensar fue "¡Ay, pero qué falta de estética..!".

La máscara

Se levantó a la misma hora de siempre, se aseó y se puso su versátil disfraz de todos los días, escogió la máscara del momento para que sus hijos supieran quién era, se ocupó del desayuno, los llevó a la escuela y luego se dirigió al trabajo; en el auto se cambió la máscara por aquella que le permitiría entrar a la oficina y tratar con los empleados y los clientes; en la hora del almuerzo se puso la máscara de la amistad y la camaradería y de regreso en la oficina la volvió a colocar en el mismo lugar donde la tiene guardada para esos casos especiales; al final de la jornada recogió a los niños con la máscara pertinente, llegó a casa y rápidamente se la cambió por otra para que su pareja se sintiera feliz de verle; antes de la cena se colocó la máscara de la vida familiar, luego llevó a los niños a la cama y se volvió a poner la máscara complementaria de su pareja, compartieron el mismo rato de siempre, el conocido beso de buenas noches y se comenzó a preparar para dormir; se cepilló los dientes, se peinó, se salió del disfraz, se quitó la máscara y al mirar al espejo se percató de que no había nadie.

Selva

Voy con Diego río abajo en la curiara. La emoción me estremece; siempre quise conocer la selva virgen. Llegamos anoche al Amazonas, el sitio ideal para pasar nuestra luna de miel. Un lugar antiguo, mágico, donde comenzaremos la vida juntos. El imponente paisaje me produce una sensación singular en todos los huesos del cuerpo.

Tomamos por un ramal estrecho del río y más adelante llegamos a un recodo donde se reduce el cauce. Contiguo a la corriente principal hay un pequeño lago protegido por palmeras, árboles y manglares que se adentran en la pequeña presa. Me recuerda el misterioso escenario de las leyendas indígenas.

La vegetación es abrumadora. Su exuberancia en árboles, arbustos, hojas y lianas no tiene igual. La inmensa cantidad de plantas me deja las pupilas saturadas y hambrientas a la vez. Quiero dejar puerta franca a los miles de tonos verdes que se agolpan en los estratos de la selva. Hoy soy testigo de las aventuras de los pesados rayos del sol cuando llegan al techo de la jungla y pasan por su tamiz infinito hasta tocar el suelo, reducidos a un tímido haz de luz.

Hace calor y normalmente pensaría que hay demasiada humedad, pero hoy eso no me molesta; incluso me extraña un poco lo cómoda que me siento en este ambiente tan primitivo. Puede que tenga que ver con aquello que llaman el "hechizo de la selva", que hace que muchas personas no quieran regresar a la civilización una vez que han estado en la jungla.

Creo ver la orilla allá lejos, pero no estoy segura. Si están quietas, las aguas pantanosas parecen tierra firme hasta el momento en que se pisa en ellas, y uno se puede llevar una desagradable sorpresa si resultó estar equivocado.

Diego rema con cuidado entre las altas raíces, las ramas bajas y las lianas de los árboles que salen del agua. La cantidad de insectos es enorme. Una libélula nos sigue desde que entramos al recodo, y más allá revolotean dos grandes mariposas azules y amarillas. Tengo los ojos más abiertos que nunca; mis oídos jamás habían estado tan aguzados, ni mi olfato tan sensible. En la lengua se desdobla el sabor más puro del río y la selva, una ola de fragancias salvajes y dulces a la vez. Sobre mi piel yace una mezcla de sudor y humedad que, lejos de ser desagradable, me hace regresar a un estado olvidado en el que aflora la esencia de mi ser natural. En toda mi vida no me he sentido más mujer que ahora. Tengo la imperiosa necesidad de llenarme de estas imágenes primordiales; las formas y los colores de las hojas y flores, los sonidos que emiten los insectos, el canto de las aves y el llamado de los araguatos; todo en medio del rumor del agua que baja rodando sobre sí misma, corriendo, chocando contra plantas y curiara. Todo rodeado del susurro de las hojas que mueve el viento. Respiro muy hondo. Respiro. Respiro. Lleno mis pulmones de ese aire nuevo, puro, buscando ocupar el gran vacío que impone la vida de la ciudad en los seres humanos y los hace olvidar su naturaleza elemental. Estoy en casa.

Hay poca luz a pesar de que es temprano, pero a mí me basta. Entre las sombras de la pequeña laguna percibo infinitas figuras de seres conocidos a los que no he visto antes. Criaturas que forman parte de mi historia espiritual; indómitas como esta selva que me rodea y me engulle de un enorme bocado para no dejarme escapar.

De repente escucho un canto melódico y algo áspero a la vez. Viene de aquellos palos semisumergidos. Miro con detenimiento y entre las aguas parduscas descubro un manatí con su cría. Están comiendo. Pareciera no molestarles nuestra presencia. La madre canta, abraza a su pequeño con ternura y siguen comiendo. Diego y yo los observamos maravillados, manteniéndonos a una distancia prudencial para no ahuyentarlos. La madre me mira de lado con sus pequeños ojos negros. Tiene una expresión de absoluta placidez en el rostro. La línea de su gran hocico termina en una especie de sonrisa perenne. Pareciera alegrarse de verme, tanto como yo me alegro de haberme topado con ellos. Se mueve en el agua sin ninguna dificultad, buscando más hojas para calmar el hambre que deja la maternidad. Ahora entiendo por qué los antiguos marineros los confundían con mujeres: son indefensos, pacíficos y extremadamente gráciles en el agua.

Es la primera vez que veo un manatí en su ambiente natural. Siempre me han fascinado; me cautivaron desde la primera vez que los vi en el libro de ciencias naturales de la escuela. A lo largo de mi vida devoré ávida toda la literatura que encontraba, queriendo saber cada vez más acerca de ellos. El manatí se convirtió en mi animal espiritual. Sus delicados movimientos, cual bailarinas en cámara lenta, y su tranquilo flotar dando volteretas según su ánimo me transmiten una calma sin igual. Son los únicos mamíferos acuáticos herbívoros, y eso también los hace especiales. Su parentesco con los elefantes, el inmenso cuerpo cilíndrico perfectamente adaptado a la vida acuática y la capacidad de contener la respiración por más de quince minutos me intrigan. La forma de comunicarse mediante el canto, la necesidad de la madre de tener un fuerte contacto físico con su cría hasta los dos años y que la sostenga con sus aletas al amamantarla son cualidades que parecen casi humanas. Sin embargo, son animales solitarios, independientes, que solo se reúnen para aparearse y luego continúan su camino. Me llama la atención su galanteo; cuando una hembra está en celo, los pretendientes la buscan y se congregan alrededor de ella en una manada amorosa. Luego, cuando el romance termina, recobran su libertad y la hembra se convierte en madre un año después. Todo lo que sé de los manatíes viene a mi mente al ver a esa madre cariñosa ocuparse de su hijo que pronto tendrá que tomar su propio rumbo.

Nos quedamos un buen rato en la laguna, hasta que Diego se percata de la hora y me dice que es mejor regresar al campamento antes de que oscurezca. Busco la mirada de la manatí y me despido en silencio. Ella entiende.

Viramos la curiara río arriba y, lentamente, nos vamos alejando del lugar. Vuelvo la mirada hacia aquella madre que busca alimento para su pequeño y no puedo evitar pensar en mí y en los hijos que espero tener algún día. Ella me observa fijamente como si quisiera decirme algo, tal vez un secreto. Quizás sea una revelación. Durante unos momentos percibo un frío intenso en la parte posterior de la cabeza, un placentero hormigueo de granizo que se desliza poco a poco, concentrándose en la nuca. Es una sensación nueva y profundamente agradable. Miro a la manatí buscando una respuesta, pero ya no hay tiempo para eso. Poco a poco Diego acelera dejándolos atrás, mientras yo me quedo inmóvil, presa del extraño y delicioso descubrimiento.

A medida que salimos del canal rumbo al río principal vemos que el cielo se va nublando cada vez más. La luz cambia de brillo y comienza a llover. Es un aguacero tropical de gotas grandes y pesadas que nos empapan por completo. ¡Qué sensación tan maravillosa e indescriptible! El placer que provoca en mi cuerpo el abrazo dominante y a la vez liberador de la lluvia me transporta a la adolescencia, cuando salía a caminar en los chaparrones por las calles momentáneamente desiertas de la ciudad. En aquella época el espíritu era libre y danzaba sin temor a ponerse en evidencia frente a los demás. Es bueno saber que, a pesar de permanecer silente, aún sigue vivo en mí. ¡Cuánto lo había extrañado!

La lluvia continúa su curso y un rato después se vuelve a despejar el cielo. Llegamos justo antes del atardecer. Diego se siente cansado y yo me siento plena. Tenemos hambre, así que nos alistamos para comer. Ordenamos nuestro pescado preferido, pavón a la parrilla, pero extrañamente, al ver el pez muerto pierdo el apetito, así que lo cambio por una gran ensalada de berro. Cenamos mirando el atardecer. El sol colorea el cielo y sus nubes con tonos amarillos, naranjas y rojos que contrastan fuertemente con las siluetas de los árboles y las palmeras que bordean el campamento por el oeste. Sobre la laguna, al este, sale la luna más grande y amarilla que nuestros ojos hayan visto. Los sonidos de la selva nos acompañan todo el tiempo, evidenciando la omnipresencia de la naturaleza invencible, y el aire adquiere una nueva fragancia con la apertura de las orquídeas, que llenan la inmensidad con el perfume más delicado y fuerte.

Después de la cena me tiendo en una hamaca a ver la luna subir hacia las estrellas. Diego me besa en la frente y se va a la cama. Está agotado. Le digo que lo alcanzaré más tarde, cuando me dé sueño. Estoy demasiado exaltada como para siquiera pensar en dormir. Por primera vez en mi vida mis sentidos están tan saturados con estímulos de todas clases, que me resulta casi imposible pensar en nada concreto. La miríada de imágenes que percibí, y las respuestas a ellas, se agolpan en mi inconsciente, llevándome a un estado de total excitación espiritual. Hoy descubrí que estaba viva, que podía respirar, sentir, oler, saborear, ver, oír. Que podía comunicarme y reír. ¡Que sí podía! Y lo descubrí hoy, en medio de esta selva. Intenté explicárselo a Diego durante la cena, pero estaba tan extenuado que no me prestó atención. Creo que no lo comprendió.

La luna llena ilumina la jungla con hilos plateados que se reflejan en el río y la laguna, a cuya orilla se encuentra el campamento. De pronto siento la atracción de la luna en el agua. Algo me llama con insistencia. Escucho el canto de las toninas y los manatíes que nadan en la claridad de la medianoche del día en que volví a nacer. Vuelvo a percibir el delicioso cosquilleo en la base de mi cabeza y sé que tengo que hacer algo. Me levanto de la hamaca sin pensar y me acerco a la orilla. Ahí está la luna, esperándome vibrante en el espejo metálico y oscuro del agua. Una brisa cálida acaricia mi rostro cuando levanto la mirada para verla de frente en el cielo. Hay una calma llena de voces que parecen decir mi nombre a gritos. Me desnudo en un acto de respeto a la naturaleza que me rodea y, solemne, dejo mis ropas en la playa. Ya no las necesito.

Entro lentamente en las tibias aguas del remanso que forma la laguna. No tengo ninguna prisa, soy dueña del tiempo. Deseo arroparme en su fluido dulce y peligroso mientras corre por la zona más antigua de la Tierra. Bebo el líquido del cual una vez bebieron mis antepasados hasta saciarse. Hoy es mi turno. Me sumerjo dejando que el agua penetre todos los pliegues de mi piel; extremidades, manos, pies, cuello, cabello. Al fin soy una con la naturaleza; la siento como parte de mí en un éxtasis total. Mi emoción se traduce en un placer infinito que no pienso dejar ir jamás.

Nado. Nado contra la corriente, haciendo fuerza para conquistar el río dueño de las aguas. Cuando me canso, me dejo llevar un trecho hacia atrás y vuelvo a emprender mi ascenso. Minuto a minuto me voy alejando de la orilla. Ningún ser humano me puede ver, y yo misma me siento parte del paisaje primitivo y embrujado. Nado más. Nado. Sigo nadando, pero el río gana. Abandono la lucha, dejando que el torrente me arrastre a su antojo. Las aguas me llevan hacia el fondo, donde no hay corriente alguna. Es el lugar de la paz. Instintivamente intento subir a la superficie para respirar y de nuevo me atrapan las aguas del rápido, que se ha vuelto más estrecho. Entre los remolinos logro tomar aire y moverme hacia un grupo de rocas que sobresalen del agua. Estoy a salvo.

Escucho algo que asemeja el canto de un manatí, pero es mucho más grave que el de esta tarde. Miro hacia la orilla y en medio del oscuro y brillante paisaje distingo la cabeza de un gran macho plateado que me observa con interés. Hacemos contacto con la mirada y me percato de que mi campo de visión se hace más amplio. Una vez más siento el hormigueo en la nuca y sé que debo continuar. A pesar de que la noche es cálida, un extraño frío recorre mi cuerpo. Me siento pesada sobre esta piedra; lo mejor es que regrese al agua.

La corriente ya no me parece tan fuerte como antes. Puedo flotar sin hacer esfuerzo. Nado con mayor facilidad. Voy hacia el fondo y me quedo allí un rato. Oigo a las toninas a lo lejos y advierto la llamada insistente del manatí macho que estaba en la orilla. Viene nadando hacia mí, pero ya no se ve tan grande como hace un rato, cuando lo vi desde las rocas. Estiro la mano para acariciarlo pero no llego, a pesar de tenerlo cerca. ¿Qué me pasa? Aunque por un curioso sortilegio puedo ver bien en la oscuridad del fondo, y a pesar de que sé que están ahí, no logro dar con mis propias manos. Levanto los brazos, moviéndolos en todas direcciones, pero es inútil. Las siento, pero no las veo. ¿Dónde quedaron? Intento mirar hacia mi pecho, pero es imposible; el cuello no me deja. Solo puedo mover la cabeza un poco hacia los lados y hacia abajo. Al mismo tiempo se amplía aún más mi campo de visión, pero no me sirve para ver mi cuerpo. Trato de recoger las piernas buscando mis pies, pero lo único que alcanzo a ver es una gran cola en forma de abanico. En ese momento me doy cuenta de que ya no soy un ser humano; mis manos se convirtieron en aletas, mi piel se volvió gruesa y cenicienta, y mi cabeza se siente como debe sentirla una morsa, pegada a un cuerpo cilíndrico por un cuello corto y con poca movilidad. ¡Soy un manatí! Mi figura de mujer se ensanchó, perdiendo sus formas y suavizando sus líneas, hasta redondearse como un dirigible, adecuándose al ambiente acuático del que ya no podrá salir. Cabello, nariz, orejas, pechos; todo desapareció, igual que los dedos de manos y pies. Las piernas se fundieron en una poderosa cola, perfecta para nadar en estos ríos.

Ahora entiendo lo que me quiso decir la madre manatí esta tarde en el pequeño lago al final del canal. Ella me vio como una igual, un familiar que viene de lejos y al que se le reconoce a pesar de no haberlo visto nunca antes. Me estaba recordando quién era yo realmente, adónde pertenecía y adónde iría a parar una vez que me reencontrara con mi espíritu liberado. Era el llamado de la sangre, era la selva que reclamaba lo suyo una vez más. Y yo estaba totalmente dispuesta a regresar.

Después de este renacer comprendo cuál había sido siempre mi verdadera naturaleza y por qué a veces había estado tan fuera de lugar entre la gente. Soy un ser salvaje en el sentido más universal de la palabra y necesito estar libre para vivir a plenitud.

Me siento inmensamente bien, como nunca antes me había sentido. Poco a poco, mis recuerdos se van borrando. El pasado desaparece junto con lo que era mi cuerpo humano. Mi ser reclama urgentemente estrenar el nuevo físico con sensaciones originales y ancestrales a la vez. Tengo la mente saturada de selva, de ríos, de animales y de plantas. Soy feliz. Nadie me ata a nada; voy y vengo cuando lo deseo. Mi prioridad soy yo misma. Solo puedo pensar en lo maravillosa y apacible que es la vida en el agua, donde poseo plena libertad de movimiento y donde, sin gravedad, puedo volar adonde me plazca. Flotar es lo más cercano a volar que jamás experimenté como ser humano, y aquí lo hago a mis anchas. Al fin soy libre, dueña de mi vida. Y ahora incluso me liberé de mi memoria.

El gran manatí plateado canta y regresa cerca de la orilla, donde me espera pacientemente junto a otros machos que se han ido reuniendo. Está seguro de que iré a su encuentro. Él sabe de qué estoy hecha. Y yo también.